AF376010

FABLES

NOUVELLES,

Par M. H., ANCIEN AVOCAT.

Prix, 2 francs.

A PARIS,

Chez
- MIGNERET, imprimeur-libraire, rue du Dragon, N.º 20, F.-S.-G. ;
- EYMERY, libraire, rue Mazarine, N.º 3 ;
- ROSA, libraire, grande Cour du Palais-Royal.

1818.

PRÉFACE.

Depuis quelques années plusieurs écrivains d'un mérite distingué se sont exercés dans le genre de la fable, sans être effrayés de la supériorité éminente du Prince de la fable. Ils savaient que, de l'aveu de ce grand homme, on pouvait encore glaner dans ce champ où il avait moissonné avec tant de succès.

Ce champ est en effet très-fertile. Il a même un degré d'utilité que les simples moralistes n'ont pas; c'est de présenter la morale sous un voile transparent, et par conséquent, sans effaroucher l'amour-propre. On ne cherche pas autre chose, nous dit Phèdre, le plus illustre des fabulistes modernes, qu'à corriger le vice; *corrigatur ut error mortalium.*

C'est par ce motif qu'il conseille à Eutiche, son ami, de tout quitter, pour se livrer à la lecture de ses fables : *vaces omninò à negotiis.*

Aussi les plus grands hommes les ont-ils cultivées. Platon nous apprend que Socrate avait mis en vers les Fables d'Esope, et qu'il s'était lui-même livré à ce travail, ainsi que l'observent les frères Pitou, à qui nous devons la découverte des Fables de Phèdre; et ils citent à ce sujet la lettre de Nicolas Rigaut au président de Thou.

Qui n'admire pas, disent-ils, les leçons que les animaux nous donnent? dans le chien la fidélité; dans l'agneau la simplicité; dans la fourmi l'assiduité du travail ; dans le loup la voracité; dans le renard la ruse ; dans l'ours et les autres bêtes féroces la violence et la cruauté.

Séduit, par ces exemples, j'ai osé présenter, il y a quelques années, un essai peu connu, depuis qu'un critique, qui certainement n'avait pas lu une seule de mes fables, s'est permis de dire qu'il était inutile de s'en occuper, attendu qu'elles étaient copiées de l'illustre La Fontaine. Pas une seule n'est dans ce cas : la témérité serait trop palpable.

Depuis cette époque, loin de me décourager, je les ai toutes revues avec soin, et j'y en ai ajouté un très-grand nombre de nouvelles. Etranger à toute prétention , après m'être long-temps livré à des occupations très-différentes , je n'ai jamais eu d'autre desir que d'être utile. Qu'une seule de mes fables atteigne ce but, je n'ai pas d'autre ambition.

FABLES.

LIVRE PREMIER.

PROLOGUE.

A JULIE.

O vous qui, d'un monde imposteur
Dédaignant la fausse grandeur
    Et la joie éphémère,
Aux devoirs d'épouse et de mère
    Consacrez vos beaux ans,
D'une Muse agreste et sauvage
Daignez favoriser les chants.
En obtenant votre suffrage,
Elle est sûre d'aller à la postérité :
Votre goût lui répond d'un succès mérité.

    Ce n'est pas, aimable Julie,
Que, pour vous présenter un hommage parfait,
Il me faille implorer l'aide de Polymnie.
    Toute louange vous déplaît.
    Eh ! sur quels tons une muse vieillie
    Dans le dédale ample des lois,
    Ferait-elle entendre sa voix,
      Pour chanter, belle Julie,

"

Vos tendres et touchans accords,
Quand votre main, par les Grâces formée,
Du piano docile appelle les ressorts,
Et comble de plaisir notre oreille charmée ;
Ou, lorsque votre voix, par des sons enchanteurs,
Soumet et captive les cœurs ?
Avec tant de moyens de plaire,
Vous ne fêtez que la simple amitié ;
Doux sentiment, mais durable et sincère,
Où le cœur, sans danger, peut être de moitié.

Heureux celui qui, par un pur hommage,
Mériterait un bien si précieux ;
S'il obtenait un pareil avantage,
Il se croirait au rang des dieux !

ÉPILOGUE.

Le monde est une arène où les êtres divers
Se montrent tour-à-tour, pour delà disparaître ;
Mais, dans ce court trajet, chacun a son travers.
  L'important est de se connaître
  Et de distinguer les pervers ,
Et c'est en quoi la morale est utile.
Si vous la présentez d'une main mal-habile,
  Elle effarouche, au lieu de corriger.
  Avant tout, il faut donc songer
  Par quel moyen, ou par quel artifice,
  On peut se ménager accès,
Pour pénétrer dans les replis secrets
  Des cœurs où se cachent les vices.
    On parvient à ce but,
  Par le secours d'une gaze légère ,
  Qui cache du précepte nu
    L'austérité sévère.
  . Ainsi, sans blesser les esprits ,
Les écrivains, amis de la sagesse,
De l'apologue ont employé l'adresse,
Et fait passer leurs utiles avis.
En vain, armé des traits de l'éloquence,
  L'orateur tonne et fait effort,
Pour, d'un peuple apathique, éveiller l'indolence ;
    L'Athénien s'endort.
  L'orateur change de langage :
  De l'apologue il fait usage,
Le peuple sort de sa stupidité.

Chez le Romain séditieux,
Par une adroite allégorie,
Menenius astucieux,
Des esprits calme la furie.
Pour présenter à l'homme son devoir,
La fiction toujours eut le même pouvoir;
Elle sert souvent à corriger le vice.
Allez dire à Grippon, couché sur son trésor,
Que la honte suit l'avarice;
A l'aspect de son coffre-fort,
Il rira de la remontrance.
Mais faites-lui voir un dragon,
Privé du jour, qui se morfond,
Au fond d'un trou, dans l'abstinence,
Du sombre gardien il plaindra le malheur,
Et peut-être dans cet emblême
Reconnaîtra sa propre erreur.
L'égoïste, insensible aux peines des humains,
Apprendra qu'il est profitable
D'entre-secourir ses voisins,
En voyant le rat secourable
Dégager le lion tombé dans les filets,
Et le payer ainsi de ses anciens bienfaits,
Ou la colombe délivrée,
Par la fourmi de l'onde retirée.
Ceux qui de l'amitié
Méconnaissent les charmes,
Seront touchés, en voyant les alarmes
Qu'éprouve le pigeon absent de sa moitié.

Tel est l'objet de chaque fable:
Oter le masque au vice haïssable,
Malgré tous ses efforts.
Tel un père prudent, de la liqueur austère

Dont il offre à son fils le secours salutaire,
Avec du miel il entoure les bords.

FABLE I.

La Poule et les Canards.

Sur le cristal d'une onde pure,
Des canards prenaient leurs ébats.
Instruits par la nature,
Sur l'élément mobile ils dirigeaient leurs pas.
Tantôt ils sillonnaient sa surface polie,
Et formaient des ronds en nageant ;
Tantôt ils relevaient leur croupe rebondie,
Et cachaient leur col en plongeant.
Une poulette encor novice,
Du bord de l'eau, voyait ces jeux.
Quel plaisir, disait-elle ! Oh ! comme ils sont heureux !
Pourquoi le ciel propice,
Ou mes parens ne m'ont-ils pas appris
A voyager aussi sur la liquide plaine ?
Mais a-t-on rien sans peine ;
Et parvient-on sans avoir entrepris ?
Suis-je pas de plumes pourvue ?
Mes pattes, au besoin, serviront d'aviron.
Après ces mots, l'aîle étendue,
Elle s'élance, et jusqu'au fond
Elle fait le plongeon.

D'un sot présomptueux cette Fable est l'histoire ;

L'amour-propre, la vaine gloire,
Lui tournent la cervelle : il se croit tout permis,
        Sans avoir rien appris.
Contentons-nous du rang où le sort nous a mis.

FABLE II.

La Gazelle et sa Fille.

Sur le sommet d'une roche exhaussée,
Une gazelle avait établi son palais ;
        Elle y trouvait, à peu de frais,
    Tout ce qui peut rendre la vie aisée.
Palais, me direz-vous ? J'appelle de ce nom
        Tout lieu, toute demeure,
    Retraite, caverne ou maison,
            Où l'on trouve à toute heure,
            Pâture et sûreté,
            Avec commodité.
Sur son roc, la gazelle élevait sa famille.
        Gardez, disait-elle à sa fille,
            D'aller porter vos pas
    Vers certain bois que vous voyez là-bas ;
        Il est plein de bêtes cruelles
Qui vous déchireraient, ma fille, à belles dents.
        De leurs atteintes criminelles,
Ce rocher élevé saura vous garantir :
            C'est votre sûr asyle.
La fille, à cet avis, se montrait peu docile,
        Quel risque puis-je donc courir ?
De ces brigands qu'on peint à la jeunesse,

Comme des monstres dangereux,
    Aucun n'égale ma vîtesse ;
Si je les aperçois, je me moquerai d'eux,
    Un ou deux sauts feront l'affaire.
Elle doutait pourtant. Sa tendre mère
N'avait rien oublié pour prémunir son cœur
    Et la préserver d'une erreur
    Qui pouvait entraîner sa perte.
    Mais la jeune chevrette, un jour,
Du haut de son rocher, regardait à l'entour,
    Elle convoîtait l'herbe verte
    Qui tapissait le bord de la forêt.
    Cette herbe était appétissante,
        Le bois était si frais !
Elle descend, hasarde un pas, tremblante ;
Avance encor, non sans se rappeler,
        D'une mère discrète
Les précieux avis, la tendresse inquiète.
L'ombre, le moindre bruit, tout la fait chanceler.
    Mais, à la fin, dans la prairie,
La voilà qui se met à gambader, sauter.
De chaque plante elle voudrait goûter
    La sommité tendre et fleurie....
    Sa mère la suivait des yeux.
    Tout-à-coup un loup furieux
    Se montre au bord d'une clairière.
        La mère fait un cri,
Et sa fille, à l'instant, sans regarder derrière,
A grand peine rejoint son asyle chéri.

    Mères, qui formez aux vertus
        Une faible jeunesse !
Travaillez-y de plus en plus :
        Avertissez sans cesse ;

L'expérience et la raison
Feront sentir le prix de la leçon.

~~~~~~

FABLE III.

Le Pigeon et son Fils.

Fuyez, mon fils, fuyez ce dangereux Corbeau
Qui, depuis quelques jours, sur le prochain ormeau,
     En croassant a fixé sa demeure,
Et, pour vous attirer, vous agace à toute heure.
          Depuis que le Père du jour,
          Pour punir sa langue indiscrète,
     De son plumage a noirci le contour ;
     Il va, revient, retourne sans dessein,
     Fuit le travail et le bien d'être utile ;
Vit aux dépens d'autrui, sans foyer, sans asyle,
     Sans s'occuper du lendemain :
          A son fils, dans l'adolescence,
          Ainsi parlait un vieux pigeon.
A quoi bon ce discours et cette remontrance,
Disait tout bas le fils, peu touché du sermon ?
     Ne sais-je pas discerner, à mon âge ;
Ce qui peut m'être utile ou désavantageux ;
Et puis, adopte-t-on ceux que le voisinage
     Ou le hazard lie un instant ou deux ?
          Tout ce qui plaît est salutaire.
Si le corbeau revient, eh bien ! je le verrai,
          Le juger sera mon affaire ;
S'il ne me convient pas, je m'en dégagerai.

     Telle est, fort souvent, la jeunesse ;
La curiosité, ce puissant aiguillon,
~~~~~~

Enflammant ses desirs, peint comme hors de saison,
Les timides avis de l'austère vieillesse.

    Le vagabond corbeau,
    Déja, loin de ce voisinage,
Avait tourné son vol. Pigeon et pigeonneau
    Occupaient peu son cœur volage.
Trois soleils n'avaient pas encor fini leur cours,
    Que pigeonneau se formalise
  De cet oubli. Quoi donc! il me méprise!
  Comme un enfant me traite-t-on toujours?
Sans doute il est d'accord avec mon père,
Qui tremble en me voyant m'éloigner de deux pas.
Eh mais! n'est-ce pas lui que j'aperçois là-bas?
De ses dédains je vais lui payer le salaire.
    C'était réellement
    La noire volatile,
  Qui voltigeant, caracolant,
Fut bientôt près du pigeon indocile.
  — Bonjour, voisin! — Bon jour, monsieur.
  — Si tu savais, dans mon pélerinage.
    Quel charmant paysage
J'ai parcouru, fortuné voyageur!
    Des forêts, des prairies,
    Des vallons, des côteaux:
  Tantôt sur des rives fleuries,
  Tantôt sous de rians berceaux
Auxquels la prodigue nature
    A, seule, mis la main.
  Par-tout abondante pâture,
    Jeux et plaisirs sans fin;
  Sur-tout de jeunes tourterelles,
Qui, comme à l'ancien temps, ne font pas les cruelles.
Il n'en fallait pas tant pour capter mon pigeon.

Il saisit du plaisir l'amorce enchanteresse ;
    Le dépit fait place à l'ivresse.
    Ah ! mon ami, mon compagnon !
Quand partons-nous ? — Demain. — Non, tout-à-l'heure :
    Soit. — Las ! ils sont déja bien loin.
    De ses parens la tranquille demeure
       Fuit..... C'est son moindre soin.
     La séduction est complète ;
      Ses yeux sont fascinés.
    De son vicieux Proxénète
Il adopte les mœurs, les goûts désordonnés
    Et la conduite libertine,
    Et, comme lui, vit de rapine.
Même on dit qu'il prit part à ces repas honteux
    Dont ce gourmand fait ses délices.
    Un même sort les attendait tous deux ;
La peine du larron est due à ses complices.
    Un champ naguères labouré,
   Cachait un piége, à dessein préparé :
Ils y restent ensemble. Et cette triste histoire,
    Dont on conserve la mémoire,
    Du père atteste la douleur,
Et de son fils la déplorable erreur.

Qui hantes-tu ? disaient nos bons parens,
Je te dirai quels sont tes sentimens.

FABLE IV.

Les deux Serins (*).

Deux serins, à joli corsage,
OEil vif et bec mignon,
Etaient au printemps de leur âge.
Tout annonçait en eux cette belle saison ;
Propos plaisans , regards , agaceries ,
Humeur légère , et mille autres folies.
On leur avait appris tout ce qu'on peut savoir.
Siffler, chanter, voler à la toilette,
Dire à propos et bon jour et bon soir ;
Rendre des airs de serinette ,
Baisez, *baisez ;* et tous ces rieus charmans
Dont on orne l'esprit des oiseaux à talens.
Avint le temps de les mettre en ménage :
On les affiche, on les prône à l'entour.
Maint acquéreur arrive avec la cage ,
Triste prison, affreux séjour ,
Si la porte n'en est confiée à l'amour !
Parmi ces aspirans portés en sens contraire,
Deux écartent la foule, et fixent tous les yeux.
L'une des deux était riche , douairière ;
Dans un équipage pompeux ,
Qu'environnaient le faste et l'opulence,
Tout étalait de sa magnificence
Les attributs ambitieux ;
Elle tenait une cage élégante,

(1) Cette Fable a été insérée dans le *Mercure*, 1.er vol.
d'avril 1758, de la part de l'Auteur.

Où l'or avec l'émail, mêlés aux diamans.,
      Par une main savante,
   Formaient divers compartimens.
   L'autre, modeste autant que belle,
   Sa cage était simple comme elle,
Mais admirable en sa simplicité.
      La porte en était couronnée
         De ces deux mots : *la Liberté* ;
La liberté, trésor pour toute âme bien née !
   Il faut choisir , serins , décidez-vous :
L'un , ébloui par l'appas des richesses,
Sans doute accompagné de trompeuses promesses ,
Vole vers la cabane où brillent les bijoux;
      L'autre , moins vain, mais bien plus sage,
      Préféra la modeste cage
Dont la devise était tout l'ornement.
De ces oiseaux le sort fut différent.
Celui-ci , caressé d'une maîtresse aimable ,
      Passait ses jours dans les plaisirs ;
   Tout secondait ses innocens desirs.
Il volait sur son sein , il chantait à sa table ,
   Se promenait et rentrait à sa voix.
   Sa cage était une retraite sûre ,
   Où le besoin l'appelait quelquefois,
   Mais qui n'avait ni verroux , ni serrure.
Le premier, au contraire , enfermé dans un trou ,
      Voyait le jour comme un hibou.
      Reclus dans un cabinet sombre ,
      Où nul être n'avait accès ,
Pour compagnons il n'avait que son ombre,
      Pour entretien que ses regrets.
Vingt fois le jour, la mégère inhumaine
      Venait lui demander des chants ,
Et la cruelle insultait à sa peine ,

Quand la douleur arrêtait ses accens.
Pour s'échapper, il use en vain d'adresse :
    Tous les jaloux sont défians.
    Sur ce chapitre, la traîtresse
    Eût enseigné les plus savans.
Par des maux si cuisans son ame est déchirée
Il succombe, en voyant dessécher ses beaux jours.
La douleur, non les ans, en termine le cours.

Fille souvent se prend à la cage dorée.

FABLE V.

La Souris voyageuse.

Une souris, jeunette et sans expérience,
    Voulut, un matin, voyager.
    Elle sort du coin d'un verger,
Où ses parens vivaient, en abondance,
Loin des valets, du tumulte et des chats.
    Tout en trottant, trottant, à petits pas,
    Elle entre en un parc d'importance :
    D'un bout à l'autre, le parcourt.
    Après en avoir fait le tour,
Elle revient a son trou domestique.
    Là, les premiers instans
    Sont donnés aux embrassemens.
Qu'as-tu donc fait? D'où viens-tu? La rubriqu
    Ordinaire des complimens.
    Vient le Nestor de la famille,
    Le patriarche des souris.
    Eh ça, raconte-nous, ma fille,

Dans ce voyage, à dessein entrepris,
Quelle remarque as-tu su faire,
En fréquentant les animaux divers,
Qui, dans un long trajet, à toi se sont offerts?
La taupe, aux petits yeux, qui se loge sous terre,
    Le gluant limaçon
    Qui porte sa maison
Et cette mouche industrieuse,
Qui du parfum des fleurs, compose son butin.
    Et la fourmi laborieuse,
Pour le stérile hiver formant son magasin? —
Moi! Rien de tout cela; je me suis promenée ;
Et, pour ne pas tomber aux mains d'un ennemi,
    J'ai toujours pris la route détournée. —
    Autant valait, ne pas sortir d'ici.

    Ceci s'applique à ces têtes légères,
    Qui, courant par monts et par vaux,
N'ont vu que des maisons, des clochers, des châteaux,
Et jamais les humains, leurs mœurs, leurs caractères.

FABLE VI.

Le Roitelet et la Perce-neige.

Sur le déclin d'un jour d'hiver,
Un roitelet faisait entendre son ramage.
  Nul autre oiseau, dans le morne bocage ,
    Ne donnait ni voix ni concert.
  Il aperçoit cette fleur fugitive,
    Qui, devançant le doux printems,
    Elève une tête hâtive ,
    Lorsque les frimats blanchissans,
    Attristent encore la terre.
    Pourquoi, lui dit-il, te lever,
Lorsqu'aucune autre fleur n'embellit le parterre ?
      Tu risques d'éprouver
      Le sort de la jacinte ,
Qu'a coupée, par le pied, le soc du laboureur.
Tu chantes bien, répond la fleur de sombre teinte ,
    Sans que de l'hiver la rigueur
    Te réduise au silence :
Comment ne veux tu-pas qu'une modeste fleur,
  S'empresse aussi par sa présence,
D'égayer de l'hiver la taciturnité,
  Et d'y jeter une ombre de gaîté.

    Ainsi dans l'hiver de la vie
Les beaux arts , les talens et la philosophie,
La paisible amitié, succédant aux amours,
  Nous font encor passer quelques beaux jours.

FABLE VII.

Le Tournesol.

La fleur qui de Clytie éclipsa les attraits ,
  Quand cette nymphe infortunée ,
  Du Dieu du jour abandonnée ,
Exhalait dans les airs d'inutiles regrets ,
  Le Tournesol, se montre encor sensible.
Vers le soleil il tourne une tête flexible.
L'homme, au contraire, incertain dans ses vœux,
  Près de la fortune nouvelle
    Dirige ses regards ;
    Et non moins changeant qu'elle ,
Tantôt pour les Consuls, tantôt pour les Césars,
    Il incline la tête.

  Las ! la faveur, dont il se met en quête ,
    Par ce servile changement ,
    Lui tourne le dos bien souvent.

FABLE VIII.

Les Abeilles.

Une coquette, au manège exercée,
        Peut se trouver parfois,
        Par sa propre faute, blessée,
        Et se méprendre dans son choix.

        Une abeille indiscrète
        D'Elvire osa baiser le sein,
Elle crut y pomper le muguet et le thym.
        Avec colère, la coquette
        Se hâte de la chasser.
        Vous me renvoyez, dit l'abeille,
Excusez mon erreur. Voyant une merveille,
    Sur une fleur j'avais cru me placer.
        Vrai, rien n'est comparable
            A l'éclat du duvet
        Que cache un voile discret.
    Tu veux flatter, abeille tout aimable,
        Répond la belle, en minaudant ;
    Je craignais de ton dard piquant
            La cuisante blessure.
    — Vous avez tort, dit l'insecte : jamais
La beauté n'aura point à craindre mes méfaits.
        Mais certes il n'est point de cure
        Pour ceux que blessent vos attraits.
        Cela dit, à ses camarades
            Elle va raconter
L'heureux succès de ses rodomontades,

Et toutes d'aller visiter
    Celle pour qui la louange
Paraissait offrir tant d'appas.
La chose, sans doute, est étrange,
Leur nombre ne l'effraya pas.
Mais, indiscrètes par nature,
Elle en reçut mainte piqûre.
Tout le canton sut l'aventure.

    Des gens avantageux
Le silence n'est pas la vertu favorite ;
    Mais c'est en vain qu'on se plaint d'eux,
A caqueter le succès les invite.

FABLE IX.

Le Rossignol et la Fauvette.

Des chants du rossignol une fauvette éprise,
    Le suivait en tous lieux,
Soit qu'au déclin du jour ce chantre harmonieux
    De ses accens fit la reprise
Soit que de son gosier développant les sons,
    Pendant la nuit silencieuse.
        Sa voix mélodieuse
    Fit aux échos répéter ses chansons.
Elle l'aborde un jour. — Eh ! pourquoi, lui dit-elle,
    Pourquoi, divin chanteur,
Perché sur ce rameau, pour ta seule femelle
Prodigues-tu des sons si remplis de douceur ?
    N'est-il donc aucune autre belle,

Qui puisse aussi toucher ton cœur ? —
Tu connais peu le prix d'une flamme constante ;
Je ne fais cas de mon faible talent
Qu'autant qu'il plaît à mon amante. —
Pourquoi, du moins, ne pas continuer ton chant
Jusqu'à ce que Borée amène la froidure. —
Lorsque l'instinct et la nature
Ont rappelé la mère à son nid, dans les bois,
Je n'ai plus de plaisirs, et par-tant plus de voix.

Tel est l'élan d'un cœur sensible ;
A tous les faux plaisirs il est inaccessible.

~~~~~~~~~~~~~~~~~~~~~~~~~~~~~~~~~~~~~

FABLE X.

Le Rossignol et le Pinson.

Avec le doux printemps, Philomèle arrivée,
Dans l'art du chant instruisait sa couvée.
Gages chéris du plus fidèle amour,
Mes chers enfans (leur disait-elle), un jour
Vous serez, comme moi, chantres de la nature ;
Mais gardez qu'un faux goût ne corrompe vos sons.
Des nôtres suivez les leçons,
C'est la méthode la plus sûre ;
Ne faut à la beauté les excès de parure.
Non loin de là, nichait le plus fat des pinsons,
Ce docteur, qui naguère avait vu la grand'ville,
Et quelque peu fréquenté l'Opéra,
Et qui, par-tant, se croyait fort habile,
Tout-à-coup se montra :
~~~~~~~~~~~~~~~~~~~~~~~~~~~~~~~~~~~~~

Eh ! quoi , toujours votre vieille méthode ,
    (S'écria-t-il) vos anciens chants ,
Des *piou piou* prolongés , et vos sons éclatans.
    Les arts ont fait un autre code.
    Il faut des variations ,
        Du bruit et du tapage ,
        Au lieu d'un langoureux ramage ,
        De belles oppositions.
        Votre gosier flexible
Avec facilité peut se prêter à tout ;
        C'est avec l'art , sur-tout ,
        Qu'on charme l'oreille sensible. —
        La nature et l'amour ,
Répond le Rossignol , m'ont appris leur langage ,
    Et mes enfans l'apprendront à leur tour :
        En faut-il davantage ?

    Que gagne-t-on à forcer son talent ?
C'est le défaut de tout demi-savant.

ÉPILOGUE.

Certes la vérité doit plaire
Sans voile et sans mystère ;
Mais son éclat blesse les yeux,
Il faut donc ménager leur débile paupière.
Les autres craignent la lumière,
Il faut donc en voiler le miroir radieux.
Ainsi l'adroite allégorie
Instruit en badinant ;
C'est ainsi que la comédie
Avec son masque transparent
Nous donne des leçons utiles ;
Et leurs travaux n'ont pas été stériles.
Historiens, poëtes, orateurs,
Ont tous, avec succès, employé l'apologue ;
Leur art ingénieux, l'a mis en telle vogue,
Que plusieurs renommés auteurs
En ont propagé la culture ;
Ils ont à la littérature,
De tout tems, ajouté ce nouvel ornement.
Pilpay, Phèdre, Lokman,
Et le grand La Fontaine
Sur ce sujet fécond ont exercé leur veine.
Comment n'ose-t-on pas
Quoique de loin, suivre leurs pas.
La chose, je le sais, est assez difficile ;
Mais dans son immortel écrit,
Notre maître l'a dit :

Le champ des fables est fertile ;
On y peut encore glaner,
Quoiqu'il ait su tou moissonner.

FABLE XI.

La Plume et le Manuscrit.

Dans le cabinet d'un savant,
La plume prétendait à la prééminence,
   Sur un manuscrit important,
   Fruit des travaux et de l'expérience,
   D'un sage éclairant son pays.
   Sans moi, disait cette plume arrogante,
Qui, comme bien des sots, tranchait de l'importante,
Aurais-tu l'existence ? Il dicte ; j'obéis :
Et c'est par mon canal que coulent ses pensées,
   Qui, sans moi seraient éclipsées.
   Rien n'est plus vrai répond le manuscrit :
   A notre auteur tu sers de secrétaire,
Mais il te laisse là, lorsque tout est écrit.
   Moi, je reste dépositaire.

L'écart de cette plume est-il fort étonnant ?
Après avoir pillé l'ouvrage d'un savant,
Un copiste effronté pourrait en dire autant.

FABLE XII.

L'Esprit Follet.

Un financier se trouvait assiégé,
  Par le lutin le plus tenace.
Quoi qu'il eût essayé, pour lui donner congé,
Il ne pouvait lui faire abandonner la place.
  A tout moment accourait le lutin,
    Soit dans le tems où tout mortel sommeille,
Soit en plein jour; tantôt pour lui pincer l'oreille,
Tantôt pour lui jouer quelque autre tour malin.
  Avint un jour qu'un auteur famélique,
    Par-tout cherchant un protecteur,
Offrit au financier un gros poëme épique,
Qu'il voulait dédier à si bon connaisseur.
    Il en commence la lecture,
    Au moment où le farfadet
Qui s'était absenté ce jour, par avanture,
    S'en revenait faire le guet
    Chez notre docteur de finance,
    Et tourmenter son excellence.
L'Esprit, à peine entend cinq ou six vers,
    Qu'il s'enfuit par la cheminée
    Et se sauve, au milieu des airs.
    Point ne revint de la journée,
    Tant il avait couru grand train,
Mais ne pouvant oublier son bon gîte,
    Il voulut lui faire visite
        Le lendemain,

Il entre, en tâtonnant, cherche, et fait une pause,
Pour voir si le maudit auteur,
Est là pour lui donner une nouvelle dose,
De ce qui lui fit tant de peur.
Il aperçoit en face,
Le financier tenait le livre en main;
Il fait une laide grimace,
Et rebrousse chemin.

Si contre l'importun qui souvent nous obsède,
On pouvait employer un semblable remède,
Quel débouché pour les minces auteurs,
Ils trouveraient des protecteurs!

FABLE XIII.

Le Tigre et les Écoliers.

Un tigre né dans un désert brûlant
De la Lybie, en monstres si fertile,
  N'avait eu, pour son domicile,
  Qu'une cage, presque en naissant;
  Non pas une chétive cage,
  Propre à loger des sansonnets,
  Ou tout au plus des perroquets;
  Mais, pour parler plus congrûment,
On pouvait en trois parts, la couper aisément.
  C'était pour sa grandeur tigresse,
  Un assez commode palais,
Comme il n'avait jamais habité les forêts,
Il ne connaissait pas leur austère rudesse.
  .Du reste il ne manquait de rien :
  Toujours abondante pâture.
Du tigre on sait quelle est la nourriture;
  Il suffit qu'il s'en trouvait bien.
  Son maître avait une bizarre envie;
  Il voulait adoucir cette férocité
A qui la gent tigresse est si fort asservie,
  Et le régler suivant sa volonté.
Mons' le tigre en effet, par de douces manières
  Semblait répondre à son projet.
Il faisait les yeux doux, il clignait les paupières;
  Et même il le léchait.
  Langue de tigre est pourtant un peu rude;
  Point ne voudrais, pour beaucoup, m'y fier.

2

Mais chacun a son goût, comme son habitude.
A sa mode on ne peut tout le monde plier.
Le charmant animal ! Qu'il est beau, qu'il est drôle,
   Disaient trois jouvenceaux,
  Fraichement sortis de l'école.
Oh ! voyons le de près, et brisons ses barreaux :
 La porte s'ouvre, et le tigre s'élance,
   Quel spectacle d'horreur !
  Ses imprudens libérateurs
Payèrent les premiers leur fatale ignorance :
  Le maître les suivit de près.
 En un instant tout éprouva sa rage,
Le monstre, ne pouvant se frayer un passage,
Périt sur les débris de ses propres forfaits.

 Du trône au gré du peuple enlevez la barrière
 Avec lui périra la monarchie entière.

FABLE XIV.

Le Cheval et l'Ane.

Un beau cheval d'Andalousie ,
    Jeune , leste , fringant ,
  Vivait dans la même écurie
  Avec cet animal pesant
  Affublé de longues oreilles ,
  Et dont la voix ferait merveilles,
    Au milieu d'un concert ,
  Avec un âne , pour tout dire.
    Entre nous , à quoi sert
  De déguiser les noms ? J'admire
  La pudeur de certaines gens ,
Qui n'osent prononcer quelques mots mal sonnans.
    Pour moi , comme Boileau , mon maître ,
  J'entends nommer chaque objet par son nom.
    Un jour donc qu'on avait mis paître
    Notre coursier avec l'ânon ,
Le premier , qui , sans doute , avait d'herbe nouvelle ,
    Fait un fort bon repas ,
Voyant l'autre brouter à son aise , il l'appelle.
  Holà , l'ami ! n'es-tu pas las
De supporter le joug d'un orgueilleux despote ,
  Qui pour son compte ou pour son bon plaisir ,
    Et suivant sa marotte ,
  De jour , de nuit nous fait courir ?
Brisons nos fers. — Tout doux : en secouant la tête ,
    Lui répliqua notre baudet ,

(Qui par-tant n'était pas si bête)
Qu'espères-tu de ton projet ?
N'as-tu pas, au logis, une ample nourriture ?
Le maître est attentif à tes moindres besoins ;
Quelquefois, il est vrai, tu lui sers de monture :
C'est le moindre retour que tu doive à ses soins.
Moi-même, aussi, je fais ses travaux sans me plaindre ;
     Eh bien ! tout âne est né pour le travail.
Pourquoi donc nous en faire un vain épouvantail ?
Par des tons arrogans veux-tu te faire craindre ?
          Si tel est ton dessein,
Ne comptes pas sur moi. Jusqu'au revoir, voisin.
     Disant ces mots, il fit une gambade,
Et laissa, dans le pré, rêver son camarade.

     Point de liesse, sans travail.
     Point de vaisseau sans gouvernail.

FABLE XV.

L'Ane à un bât.

Dans son laconisme élégant,
     Phèdre, de la Fable le père,
A d'Esope emprunté ce langage charmant
     Qui nous instruit et nous éclaire.
     Le grand La Fontaine, après eux,
Dans des vers pleins de grâce et de philosophie,
     A de la sage allégorie
     Fait l'usage le plus heureux.

Mais ces auteurs divins, en traitant chaque objet,
      N'ont pas épuisé le sujet.
      Voyons, sans blesser leur mémoire,
Si l'on peut présenter quelqu'autre vérité,
   En reprenant la suite d'une histoire
      Que ces maîtres ont raconté.

      Cet âne qui, dans la prairie,
      Voyait arriver maint brigand,
      Et qui, sans perdre un coup de dent,
      Gambadait sur l'herbe fleurie,
      Échut à l'un de ces voleurs.
Celui-ci le vendit à certaine fabrique,
Où facteurs, ouvriers, commis, entrepreneurs
   Formaient entr'eux une ample république.
A peine le baudet se vit-il installé
      Dans cet étrange domicile,
Que de travaux sans fin il se vit accablé.
L'un le voulait aux champs, et d'autres à la ville
   Le conduisaient avec de lourds fardeaux ;
      Et pour combler son infortune,
Il lui fallait porter son conducteur.
      Même quand la paisible lune
Invitait les mortels aux douceurs du sommeil,
      Par un triste réveil
   On le rappelait à l'ouvrage.
Repentant, mais trop tard, il changea de langage.
   Je n'ai point à porter deux bâts,
      Se disait-il tout bas,
   Mais je supporte charge telle,
Qu'à chaque pas je trébuche et chancelle.

      Tel espère, en changeant,
      Trouver de l'avantage,

Qui n'y rencontre, bien souvent,
Qu'un accroissement de servage.

~~~~~~~~~~~~~~~~~~~~~~~~~~~~~~~

FABLE XVI.

Les Revenans.

UNE Bonne crédule,
(C'est un travers commun à ces sortes de gens)
     Et par-tant sotte et ridicule,
Ne parlait que d'esprits, loups-garoux, revenans.
Son élève, enchanté, saisissait ces merveilles,
   Qu'il écoutait de toutes ses oreilles.
Il regardait comme des faits constans,
         Avérés, véritables,
         Les plus absurdes fables.
Vouloir le détromper, c'était perdre son temps.
       Non loin du manoir de son père,
       Était, de toute antiquité,
       Un bois, du peuple redouté,
     Rempli d'esprits, au dire du vulgaire.
Le père, qui voulait coriger son enfant,
   Moitié menace, et moitié caressant,
         L'y conduit en silence,
       Et se tint à peu de distance.
 Mais à peine l'enfant a-t-il fait quelques pas,
Qu'il revient se jeter dans les bras de son père.
       Ah papa ! qu'ai-je vu là-bas !
       Un monstre à figure effroyable ;
       Tantôt il grandit comme un pin,
         S'alonge comme un câble,
~~~~~~~~~~~~~~~~~~~~~~~~~~~~~~~

Ou bien se blottit comme un nain,
Il est coiffé de cornes menaçantes,
Et tient en main des torches flamboyantes.
Le père le prend par la main,
Et le conduit, malgré ses larmes,
Vers l'objet effrayant qui causait ses alarmes :
C'était un bloc informe, extrait d'un champ voisin.

On endort les enfans par des contes profanes :
L'erreur vient assez tôt assiéger leurs organes.

FABLE XVII.

Les deux Pâtres.

Pierre et Nicaise étaient aux gages d'un fermier ;
On donna cent moutons à garder au premier,
L'autre eut trois chèvres à conduire.
Que ton sort est heureux, disait à ce dernier
L'homme aux moutons ! Le sort qui veut me nuire,
Me départ un ouvrage impossible à remplir.
Nicaise s'en moquait : à son aise,
Le long du jour il n'aurait qu'à dormir.
Hélas ! pauvre Nicaise,
Tu trouveras bientôt de quoi te repentir.
A peine la bande barbue,
En liberté, se voit aux champs,
Qu'à courir elle s'évertue
Et brave du berger les gestes impuissans.
L'une va, sur un roc, promener son caprice ;
Le pâtre en vain vient la chercher,

D'un seul bond la voilà sur le bord d'un rocher
Que borde un précipice.
Les autres vont sur le bord d'un étang
Roide et glissant,
Dont n'ose approcher le novice.
Pendant ce temps, le docile mouton,
Content de brouter l'herbe tendre,
Près du berger se range en rond,
Et semble avoir du plaisir à l'entendre.
Rentrés le soir, le chêvrier
Au berger propose un échange.
Nenni, dit Pierre. Au matin, ton métier
Te plaisait tant : tu perdrais trop au change.

A gouverner les gens
La tâche est difficile ;
Mieux vaut garder moutons obéissans
Que bétail indocile.

FABLE XVIII.

La Barque.

Sur le bord d'un fleuve amarrée
Une barque plaignait son sort,
Sans cesse traverser de l'un à l'autre bord,
Toujours contrecarrée,
Sans jamais voir, aucuns sites nouveaux.
Je sais pourtant que nombre de bateaux
Courent le monde ; et moi, je me vois enferrée.
Si je conduis des passagers

C'est toujours même langage
De leurs moutons, de leurs vergers :
  Crême, beurre, ou fromage.
Si, par fois, quelque jouvenceau
Passe avec fillette jolie,
Pour moi c'est un tourment nouveau.
C'est toute une autre mélodie,
  Il faut changer de ton.
J'ai grand désir de voir cette vaste prairie,
  Que borde une rive fleurie;
Et ce grand bois à l'entour du vallon.

Un beau matin, se trouvant déchaînée
  Elle enfile le cours de l'eau;
Mais ne sachant revirer comme il faut
A l'aventure elle est abandonnée
Deçà, delà, le long des quais, ou sous les ponts.
Tout près des pilotis, ou longeant les maisons
  Jouet des vents, ou bien de la tempête
Voguant tantôt de long et tantôt de travers
  A la fin, elle perd la tête
Et court s'ensevelir au vaste sein des mers.

De tous côtés, cette barque accueillie,
  Est l'image de notre vie
  Chacun vogue à sa fantaisie ?
Chacun suit son penchant, en pleine liberté,
  Mais vers l'abîme il est enfin porté.

FABLE XIX.

Le Renard et ses Amis.

Un renard, par de bons offices,
    Croyait avoir acquis
    Un bon nombre d'amis,
Dans un piège se trouvant pris,
J'en recevrai le prix de mes services.
    Ils vont tous accourir,
    Disait-il, pour me secourir.
Le bœuf passe, en quittant l'ouvrage,
    Et dit: je suis trop las,
    Mais j'aperçois là bas,
César, qui peut te donner du secours.
    Le chien s'excuse : moi, je cours,
    Il faut que je monte ma garde.
    La chèvre arrive : je n'ai garde
De m'arrêter, le loup n'a qu'à venir,
    Il me prendrait sans coup férir.
    Comment pourrais-je me défendre ?
Quelque autre aura le tems, et tu peux bien attendre :
    Elle s'éloigne, après avoir ainsi parlé,
    Et laisse l'ami désolé.
Il fallait détacher un seul bout de ficelle.
    En ce moment, survient une gazelle,
    Et la pauvrette sans songer
Qu'elle pouvait courir plus de danger
    S'arrête, pour le dégager.

Il nous faut tous nous entre-secourir
        C'est la loi de nature
Qui refuse son aide à cil qu'il voit périr,
        Doit redouter même aventure.

FABLE XX.

Le Trésor.

Lysis, touchant à son heure dernière
        Fit appeler son fils Mondor:
        Mon fils je possède un trésor.
Il est placé.... La mort incivile et grossière,
Lui coupe la parole ; il ne peut achever.
Les premiers tems passés, Mondor, comment trouver
        Ce qu'a si bien caché mon père !
        Comment percer ce terrible mystère ?
Un père, a pu garder si long-tems le silence,
        Sur un objet de si haute importance !
        Il brise le coffrefort,
Il sonde les panneaux, il perce les murailles,
        Et culbute, avec effort,
        Les meubles et jusqu'aux futailles.
Désespéré, confus, il va dans le jardin,
        Le tourne et le retourne en vain.
        Rentré dans sa chambre ordinaire,
        Il trouve, dans le secrétaire,
        Un paquet bien empaqueté,
            Ficelé, cacheté ;
        Il l'ouvre avec vivacité.
Et lit ces mots : *le travail et l'économie,*
        Tels sont les vrais biens de la vie.

FABLE XXI.

Les quatre Saisons.

Tous les dieux, chez Plutus, autrefois s'assemblèrent ,
   C'était un jour de grand festin :
   Les quatre saisons s'y trouvèrent,
  Charmans propos, bonne chère et bon vin,
   Egayèrent les Immortelles.
Erigone, au dessert, se prit à disputer,
   Comme, par fois, il arrive entre belles.
  Elle commence à vouloir exalter,
Par-dessus tout, le vin, soutenu d'ambroisie,
Qu'avait Plutus aux Dieux largement entonné.
Cérès ne put souffrir cette forfanterie.
« Sans le blé que mes soins ont perfectionné,
» Dit-elle, les humains ignorant la culture ,
» Iraient, dans les forêts, chercher leur nourriture.
  » Privés de pain , dans leurs travaux ;
» Le vin leur rendrait-il leurs forces épuisées ?
  » En leur causant des fureurs insensées,
 » Hélas ! souvent il augmente leurs maux. »
 » Tout beau, mes sœurs, reprit la jeune Flore ;
   « Sans moi, que feriez-vous ?
  » N'est-ce pas moi, qui fais éclore
  » Les germes précieux et doux,
   » Que l'aquilon resserre,
   » Dans le sein de la terre ?
  » Je dissipe les noirs frimats,
 » Je rajeunis la nature engourdie.
» A ma voix, tout reprend une nouvelle vie,

» Et les amours suivent mes pas.
    » Du fond des bois, j'appelle
    » La tendre Philomèle.
» De verdure, et de fleurs, je couvre les berceaux ;
» Et fais naître l'amour jusques aux fond des eaux. »
Rien de si beau, répond l'amante de Borée.
    « Vous produisez, et je jouis.
  » Vos plaisirs sont, mes sœurs, bientôt évanouis.
   » Les miens sont de plus de durée.
  » Près d'un bon feu, je consume vos dons :
» Les habitans des airs, ceux que la mer recèle,
    » Oiseaux, gibier, poissons,
» Entretiennent sans cesse abondance nouvelle
   » Sur ma table : puis le bon vin
» S'en vient assaisonner les plaisirs du festin. »
   D'un rien chez les grands on s'amuse.
Les quatre déités veulent, au jugement
De la céleste cour, laisser leur différend.
   De décider chacun s'excuse,
   On n'aime point à prononcer,
    Sur la prééminence
Entre beautés : une juste sentence
    Pourrait les offenser.
   Momus, à la tête légère
Fut proposé d'une commune voix.
   Pour juger en pareille affaire,
   Point n'est besoin de faire un choix ;
   Le cas me paraît trop étrange ;
Moi, je suis du parti de ceux chez qui l'on mange.
  Et tous les dieux, en regardant Plutus,
    D'applaudir, en chorus.

   Telle est aussi l'humaine espèce.
De doutes et d'erreurs, faible jouet, sans cesse,

Le plaisir du moment
Presque toujours dicte son jugement.

FABLE XXII.

L'Orpheline.

C'était la fête du hameau,
Où la vertu devait recevoir la couronne,
Non avec ces joujoux que la vanité donne :
    La rose était le modeste cadeau,
        Qui de la fille la plus sage
Allait orner le front pudique et vertueux.
Déjà tous les vieillards, sur un lieu montueux,
        Couvert d'un frais ombrage,
    Etaient rangés. Le jeune Dorémieux
Seigneur du lieu, connu, plus par sa bienfaisance,
        Que par son opulence,
    Tenait la rose, emblême ingénieux
De la pudeur : la plus riche parure,
    Dont la bienfaisante nature
        Ait doué la beauté.
    Là les filles sont en présence ;
    Entre la crainte et l'espérance,
    Leur jeune cœur est agité.
    Lucas, et sa femme Perrette
Y viennent, conduisant l'intéressante Annette,
Dont le sort rigoureux avait en peu de tems,
        Enlevé les parens,
Lorsqu'elle était par Perrette allaitée.
Tous deux l'avaient pour leur fille adoptée,
        Oh ! combien de leurs soins,

Ils se voyaient payés avec usure !
A la plus aimable figure,
Par un accord heureux, se trouvaient joints
Les talens, l'étude, et l'usage,
Qu'elle avait cultivés dans la société
D'une dame du voisinage.
Dédaignant le grossier langage,
Et l'empressement affecté
Des jeunes garçons du village,
Ses parens adoptifs étaient le seul objet,
Auxquels elle eut l'ambition de plaire.
Les voir heureux, c'était son unique souhait,
Les contenter sa principale affaire.
Un des anciens, à haute voix,
Annonce qu'on va faire un choix ;
On recueille les témoignages ;
Annette réunit seule tous les suffrages.
Le nom d'Annette est proclamé,
Elle approche avec modestie ;
De la pudeur son front est animé,
Ses regards sont tournés vers sa mère chérie.
O surprise ! O bonheur ! Dorémieux éperdu,
Tombe à ses pieds, en lui donnant la rose.
Elle a le double prix, sans que personne en glose,
De l'amour et de la vertu.

FIN DU LIVRE PREMIER.

~~~~~~

LIVRE SECOND.

ÉPILOGUE.

C'est assez débiter des Fables :
Arrête, Muse, et crains de t'exposer.
Tes contes, dira l'un, sont fort peu vraisemblables ;
Un autre : en vain tu prétends déguiser
Tes traits malins et ton humeur caustique.
Prétends-tu corriger les défauts des humains ?
On n'aime plus un auteur satirique.
J'aurai beau répliquer à ces censeurs bénins,
Que tous mes traits sont pris dans la nature ;
Qu'en esquissant des portraits généraux,
A tel ou tel je n'entends faire injure ;
Je n'éviterai pas leur sévère censure.
La Fable cependant n'use de fictions,
Que pour donner des leçons plus utiles,
Pour tempérer les passions,
Par des récits offerts sous des dehors futiles,
Dont l'amour propre en vain voudrait s'effaroucher.

L'inimitable Fabuliste
Qui, d'un pas ferme, a su marcher
Dans cette lice où d'autres, à sa piste,
N'ont fait que trébucher,
Sera-t-il donc accusé de satire,
~~~~~~

Lorsqu'il a peint le loup surprenant un agneau,
        Ou, lorsqu'il nous apprend à rire,
De la crédulité du vaniteux corbeau,
        Sa Muse, agréable et facile,
      Du vice peint les excès odieux,
Démasque l'amour-propre en excuses fertile,
        Mais sans nommer les vicieux ;
            Et lorsqu'il peint les charmes
          De la généreuse amitié,
          Du pigeon les tendres alarmes
          En l'absence de sa moitié,
Ou que de trois amis il raconte le zèle,
            Les périls, les travaux,
      Pour secourir l'imprudente gazelle,
        Et la tirer de ses réseaux ;
      Qui ne se sent transporté de l'envie
          D'éviter le vice hideux,
De suivre le sentier où la vertu convie,
      Et de former de l'amitié les nœuds ?

          Tel est le vrai but de la Fable :
          Du vice peindre la laideur,
      Et des vertus le charme inexprimable ;
Mais, pour atteindre un prix aussi flatteur,
      Il faudrait être instruit par La Fontaine.
Arrête, Muse, et crains des Icares la peine.

FABLE I.

Phèdre et le Fabuliste.

Phèdre, en chemin, rencontre un Fabuliste.
Que fais-tu donc là, dit l'affranchi moraliste? —
   Je cherche des vers naturels,
Qui, comme tes écrits, corrigent les mortels. —
Erreur! présente-leur des mets substanciels,
Notre siècle n'est fait pour de vieilles misères:
   Il lui faut des vérités claires,
Des aperçus profonds et de graves discours.
Avec cette denrée, on réussit toujours.

FABLE II.

Le Singe et la Montre.

Un Singe devint possesseur
(Point ne sais par quelle rencontre)
   D'une fort belle montre.
Oh! dit-il, quel objet flatteur,
   O comme elle est gentille!
Il l'ouvre, l'examine, en dehors, en dedans;
   Porte la patte sur l'aiguille,
    La retourne en tous sens.
Voici bien une autre merveille:

Il l'approche de son oreille,
En poussant le bouton ;
Aussitôt elle lui répond.
Il ne peut plus se contenir. De joie
Il fait deux ou trois sauts :
Et la montre tombe, et se brise
En vingt morceaux.

A gens sans goût, sans connaissance,
Livrer une chose de prix,
C'est confier à l'ignorance
L'ouvrage d'un homme d'esprit.

FABLE III.

L'Amitié et l'Amour.

L'AMITIÉ rencontra l'amour.
Quoique d'un même sang, ils ne s'accordent guère,
Comme l'on sait. Cette fois, tour-à-tour,
De s'embrasser. Bonjour ma sœur, bonjour mon frère.
Ah çà, dit l'amitié, je règne sur un cœur
Digne du diadême.
En l'écoutant, c'est la candeur.
En la voyant c'est Flore même.
N'allez pas me ravir son cœur.
O mon frère, gardez-vous bien
D'aller sur mes brisées :
Craignez de me ravir un cœur,
Objet de mes tendres pensées.
L'amour, touché de ce portrait flatteur

S'occupait moins de la défense ,
Que du désir de supplanter sa sœur.
    Pour lui c'est une jouissance
    De jouer quelque tour.
    Près d'Eglé, l'amitié paisible,
Un jour, s'applaudissait de la voir si sensible :
Dans les plis de sa robe était caché l'amour.

    Quand l'amour veut surprendre
    Sous le voile de l'amitié.
    Un cœur, qui s'y laisse surprendre ,
Avec le traître , est souvent de moitié.

FABLE IV.

L'Amour et la Rose.

L'AMOUR, auprès d'une rose naissante ,
Considérait à loisir, les progrès
Qu'à chaque instant acquéraient ses attraits.
Des papillons la tourbe turbulente
    Vient aussitôt pour butiner.
Que fait l'amour ? Va-t-il abandonner
        Cet objet de ses vœux ?
De son bandeau, que soudain il détache,
Il lui fait un abri sous lequel il la cache,
    Et la dérobe à l'insecte orgueilleux.

Jeunes beautés ! La rose est votre image.
Ouvrez-vous votre cœur aux discours d'un volage :
        Il amuse, il séduit :
        Il triomphe, et s'enfuit. ..

FABLE V.

Les deux Roses.

Objet de l'amour du zéphir,
  Une rose vermeille
Regardait en pitié les roses de la veille.
    Quand vous venez nous étourdir
    De vos conquêtes surannées,
    Leur disait-elle, autant vaudrait
Végeter au sommet des hautes Pyrenées,
    Que d'entendre votre caquet.
  J'ai, quant à moi, trop d'attraits en partage,
    Mon coloris est trop brillant,
    Pour craindre que jamais amant
Ne m'abandonne, en devenant volage.
    Que grande est ton erreur,
    Répond une rose fanée!
    Hélas la beauté d'une fleur
    Ne survit pas à la journée :
Encore hier, j'avais nombre d'adorateurs,
Dans ce jardin, témoin de ma déconvenue
    Ils me disaient mille douceurs,
    Avant que la nuit fut venue :
    Mon règne était passé,
Un même sort t'attend, le dieu de la lumière
    N'aura pas fourni sa carrière,
Que tu verras ton triomphe éclipsé.

    Cette leçon est pour les belles
    Qui trop vaincs de leurs appas,

Se comparent aux immortelles,
Et leur disputeraient le pas.

FABLE VI.

Le Lys.

Un lys, de sa terre natale,
    Par une obscure cabale,
    Fut long-tems exilé.
Mais par l'amour des siens il se vit rappelé ;
    Dieu sait avec quelle tendresse
    Il fut reçu parmi les fleurs
Toutes courbaient la tête, en signe d'allégresse,
    Et répandaient leurs suaves odeurs.
        Une d'elles, en son langage ,
        Lui dit : auguste lys! Votre image ,
    Autour de nous, répand un jour charmant :
Le ciel paraît plus pur, le soleil plus brillant.

    Vultus ubi tuus
Affulsit populo, gratior it dies
    Et soles melius nitent. (Ode V, lib. V.)

FABLE VII.

L'Oranger.

Dans uu parterre orné des dons brillans de Flore,
   Un essaim de superbes fleurs
  Charmait les yeux, par ses riches couleurs.
    La rose qui venait d'éclore,
    Plaisait, par son tendre incarnat.
Celle qui d'Adonis rappelle la mémoire,
   De son pourpre étalait l'éclat.
  La renoncule avec non moins de gloire,
     Brillait à ses côtés;
La tulipe étonnait par ses variétés;
D'un calice arrondi sa tige couronnée,
Balançait les dessins dont elle était ornée.

   L'amour planait sur ce riant jardin,
De ces charmantes fleurs il plaint la destinée.
Elles vont se faner, peut-être, dès demain,
   Ou dans la suivante journée.
 L'enfant ailé secoue à l'instant son flambeau,
    Et fait sortir, de terre,
   L'oranger, arbuste nouveau,
Fraîchement provenu des jardins de Cythère.
Je veux que celui-ci jouisse en tous les temps
    Des faveurs du printems.
    Des fruits, mêlés aux fleurs,
  Signaleront ses branches toujours belles,
   Toujours fraîches, toujours nouvelles

Et sous mes ailes , à couvert,
Il bravera la rigueur des hyvers.

C'est un beau don de la nature ,
De pouvoir réunir les fruits avec les fleurs ;
Mais à peu de gens elle assure
Des agrémens aussi flatteurs.

FABLE VIII.

Le Pupitre.

Un pupitre oublié dans un vieil Athénée ,
  Etait doué d'un talent précieux ;
  Dès qu'on posait, sur sa planche inclinée,
Quelque mauvais écrit, frivole ou sérieux,
    Antique , ou sortant de la presse ,
    Un secret ressort , détendu ,
    Le rejetait avec prestesse ;
    Et le pauvre écrit confondu ,
Avec maint compagnon , gissait dans la poussière.
Telle , certaine pierre éprouve les métaux,
    Ou telle encore la lumière
Fait fuir , à son aspect , la nuit et le chaos.
Hélas ! si de nos jours cet instrument habile
      Pouvait se rencontrer :
    Pauvres libraires de la ville ,
Il vous faudrait aller , dans les champs, labourer.
    Adieu risibles tragédies ,
      Adieu drames pleurans ,
      Insipides romans ,
      Et plates rapsodies.

Adieu les inventeurs
De rêves politiques ;
Enfin , adieu tous les méchans auteurs ,
Et par-tant adieu leurs critiques.

FABLE IX.

La Bibliothèque et le Villageois.

Un villageois des environs du Mans,
Non pas de ces honnêtes gens,
Qui connaissent la route obscure
Et le fin de la procédure ;
Mais n'ayant jamais mis le nez dans l'alphabet,
Et ne sachant, comme on dit, A ni B ;
Du reste, fin, et rusé comme un autre,
Ce qu'on appelle un bon apôtre.
Ce campagnard, de temps en temps,
Se rendait à la ville,
Séjour qui, sans mentir, fourmille
De badauds plus que de savans.
Il entre un jour dans la bibliothèque
D'un riche Maltôtier,
Ignare et vain, mais savant usurier,
Et fort présomptueux. De Paris à la Mecque
On chercherait en vain
Pour trouver son semblable.
Le fait est très certain,
Et ceci n'est pas une fable.
Notre Manceau se trouvant introduit
Dans un pareil réduit,

Où les livres placés avec magnificence ;
    Du maître attestaient l'opulence.
    Émerveillé de tant d'objets.,
  Il regardait des livres la dorure,
  Il admirait leur couverture ;
Puis il les replaçait sans les ouvrir jamais:
La bibliothèque est , d'ordinaire, muette.
    Quoiqu'elle recèle en son sein ;
Français , Italien , Anglais , Grec et Latin ,
Elle a de quoi parler et jamais ne caquette.
Impatiente , enfin, du sang-froid du lourdaut,
    Pauvre ignorant, commence-t-elle à dire ,
Que fais-tu là ? Va-t'en d'abord apprendre à lire,
    Ce lieu n'est fait pour un nigaud ;
Mais lui, sans s'émouvoir : tant que je puis connaître
    J'en sais bien autant que ton maître.

    Combien de gens, semblables en ce point,
    A notre docteur de finance ,
Font un trafic des arts ; mais dénués de science ,
    Ils ne s'en servent point.

FABLE X.

L'Aérostat.

Un aérostat , dans les airs ,
  Promenait sa masse imposante ;
Il écartait les bipèdes divers ,
  Tout saisis d'épouvante.
  Lors un aiglon , sortant

De quelqué montagne voisine,
Aperçoit l'étrange machine.
Quel est, dit-il, de l'air ce nouvel habitant,
Vient-il, jusques dans mon domaine,
Me disputer la souveraineté
Que, par bon droit, j'ai des miens hérité?
Arrêtons ce brigand, dans sa marche incertaine.
Foi d'aigle, il va le payer cher.
Il dit : et fond, comme l'éclair,
Sur la volatile nouvelle,
Pour en tirer raison,
Lorsque ses yeux découvrent la nacelle
Où naviguait le moderne Jason.
Celui-ci, redoutant une lutte inégale,
Du geste et de la voix tâche de l'appaiser.
— Je ne viens point ici pour t'offenser;
Ne va pas me traiter en puissance rivale,
Je suis bien loin de tant d'ambition. —
Quelle est donc ta prétention ?
Je fais une reconnaissance;
De ce char, je regarde en pitié les humains,
Vaine et risible engeance,
Jouet des passions; pour des biens incertains
Se tourmentant sans cesse,
Et ne mettant jamais de bornes à ses vœux. —
Tu te crois donc plus sage qu'eux ;
Ta folie est vraiment d'une nouvelle espèce.
Pour juger des mortels les appétits pervers,
Il ne faut pas monter au séjour du tonnerre.
Eh l'ami ! reste sur la terre,
Tu trouveras, dans ton cœur, leurs travers.

Cet aigle était excellent moraliste :
Il parlait mieux que tel ou tel sophiste.

~~~~~~~~~~~~~~~~~~~~~~~~~~~~~~~~~~~~~~~

FABLE XI.

Les Deux Aveugles.

DANS l'Inde, deux docteurs, par un effet contraire,
Perdirent tout-à-fait l'usage de leurs yeux.
L'un voulait pénétrer l'océan de lumière
    Que répand l'orbe radieux
    Du bel astre qui nous éclaire.
A force d'y porter un œil trop curieux,
  Il fut privé de la clarté des cieux.
    L'autre, aussi vain, mais non plus sage,
Disait que le soleil était illusion,
Que son culte n'était que superstition,
    Et pour fuir jusqu'à son ombre,
Il choisit, pour demeure, une caverne sombre,
    Inaccessible au jour.
    Confiné dans ce ténébreux séjour,
Quand il voulut sortir, ses yeux, sans exercice,
    Lui refusèrent le service.

    Trop de clarté nous offusque les yeux,
    Il faut ménager leur faiblesse,
    On doit user avec sagesse
    Du plus beau don des Cieux.
~~~~~~~~~~~~~~~~~~~~~~~~~~~~~~~~~~~~~~~

FABLE XII.

Le Chat et le Hibou.

J'aime fort de nos vieux parens
Les proverbes anciens, ils sont remplis de sens.
Dans leurs adages laconiques,
Ils ont su consigner en termes énergiques
Des vérités de tous les temps.
Corsaires attaquant corsaires,
Nous disent-ils, ne font pas leurs affaires.

Le chat et le hibou, tous deux maîtres passés
En l'art d'escroquerie,
Tous deux héros de la gloutonnerie,
Après s'être bien embrassés,
Vinrent à disputer sur la prééminence
De leurs talens.
Chacun voulait avoir la préférence,
Et vantait les succès brillans,
Obtenus par son savoir-faire.
Je sais, disait Grippeminaud,
De la griffe et des dents saisir mon adversaire.
Il n'est ni retraite ni saut,
Qui le dérobe à ma prestessse.
Vois un peu ma dextérité,
Ma force et ma souplesse,
Et conviens de la vérité. —
Moi, pour peu que j'y voie,

        Répond le chat-huant,
    A coup sûr je fonds sur ma proie,
    Et je la dévore à l'instant.
    Fi donc ! répliqua l'hypocrite,
        Il est peu de mérite
        A vaincre un ennemi,
        Lorsqu'il est endormi.
De jour, de nuit, il faut que je combatte,
Et toi, tout le premier, fléchirais sous ma patte.
    A ce propos, le drôle aérien
        Ne peut contenir sa colère.
        Vil quadrupède ! il te sied bien
De te jouer à moi ; mon bec et cette serre
Pourraient te mettre en pièce, ainsi que tes consorts,
    Et t'envoyer combattre chez les morts.
    Qui, toi ! Qui, moi ? dit le chat en furie :
    Au même temps, d'une griffe aguerrie,
        Il entame le flanc
De l'oiseau de Minerve, et fait jaillir son sang.
L'hibou riposte, et fait plus d'une égratignure
        Au mangeur de souris.
Et ce ne fut qu'après mainte et mainte blessure,
Que chacun, en jurant, regagna son taudis.

FABLE XIII.

Le Bouc et le Loup.

Un bouc, caché dans un cellier
Voyait, à travers la clôture,
Un loup sortant d'un gros hallier.
Qui paraissait quêter quelque aventure.
Tu me parais bien harrassé,
Disait le bouc, à l'animal sauvage.
A te prêter secours, je suis tout disposé ;
J'ai près d'ici deux camarades,
Amis de messeigneurs les loups,
Qui te donneront des aubades ;
Et les gens de céans te régaleront tous.
Tu parles de merveille,
Répond le loup, en secouant l'oreille,
Mais ce n'est pas un lâche comme toi,
Qui de m'offenser est capable :
Rends grâce à cet huis secourable,
Qui te protège contre moi :
Mais tu viendras aux champs
Et nous pourrons, alors dans un lieu plus propice,
Résoudre tes beaux argumens ;
Et te payer de ton office.

De même, à l'abri d'un rempart,
Un lâche, impunément peut braver un Bayard ;
Mais, devant lui dans la plaine,
Il fuirait à perte d'haleine.

FABLE XIV.

Le Rat et le Lapin.

On peut plaindre un poltron,
Mais on méprise un fanfaron.

Sur le penchant d'une colline,
Un rat sortant de la grange voisine,
Fit rencontre dans son chemin,
De l'animal, qui, sous le sol mobile,
Avec les siens, établit domicile,
Et qu'en France, on nomme lapin :
La peur nous fait paraître
Un insecte une fois plus grand.
Janot lapin, dans l'animal champêtre,
Crut découvrir un éléphant;
Il recule en arrière,
Pour regagner sa lapinière.
Pauvre imbécille, dit le rat,
La peur t'a troublé la cervelle.
Ne me connais-tu pas, ton voisin, plein de zèle ?
Qu'il vienne en ce lieu, chien ou chat,
Je saurai te défendre...
Les brigands ! Ils m'ont vu souvent,
Les provoquer et les attendre;
Leur faire, avec ma dent,
De cuisantes morsures :
Et les envoyer tristement

Tout couverts de blessures.
Avec moi, que crains-tu ?
Le rat avait à peine achevé ce langage,
Qu'une belette, au nez pointu,
En passant, froissa le feuillage :
Et le bavard, sans regarder par où,
Vîte courut se cacher dans un trou.

FABLE XV.

Le Loup et le Renard.

Le loup, et le renard, tous deux bons compagnons,
Tous deux, avides de carnage,
En un mot, insignes larrons,
En revenant du maraudage,
S'assirent au bord d'un ruisseau.
Tu sors, dit le renard, de quelque bergerie ;
Il y paraît à ton museau,
Tout barbouillé de sang et d'autre tricherie.
Le bon apôtre, dit le loup !
Je vois à ta gueule fumante,
Que tu viens de faire un bon coup.
Quelque pigeon, ou poule appétissante
Ont sustensé ton estomac débilité.
Ami ! répond l'animal hypocrite,
S'il faut ici parler avec sincérité,
Un sage repentir tout bas me sollicite.
Je puis, ainsi que toi, me dire un franc vaurien :
A tout péché pardon : tiens, je m'ennuie,

D'ainsi mener une coupable vie ;
De ce moment, vivons en gens de bien.
Ton repentir me touche et m'édifie,
Répond le mangeur de mouton :
J'ai, comme toi, certain scrupule en l'âme,
Bêtes et gens nous détestent : au fond
Ont-ils tort ? Nous menons une conduite infâme,
Sans doute il faut changer de train :
Çà, je renonce au métier d'assassin.
Pendant ce beau discours, un coq du voisinage,
Minuit sonnant, commence son ramage ;
Et mon renard de détaler,
Du côté d'où la voix à lui s'est fait entendre.
Le loup demeuré seul : voici le tems d'aller,
Dans la plaine, pour y surprendre
Quelque chèvre, ou quelque brebis.
Bêtes et gens sont endormis.

Fiez-vous à la repentance
Des méchans et de leur engeance.

FABLE XVI.

Le Paon et le Rossignol.

Un paon rempli de vanité,
Et par-dessus tout, hypocrite ;
Dont le brillant plumage était tout le mérite,
Fit un équivoque traité,
Avec rossignol son compère.

Ils promirent de faire voir
A gens d'élite, leur savoir,
Moyennant un juste salaire.
De l'annonce la nouveauté,
Attira gens de tout côté.
La recette fut abondante ;
Mais tandis que la voix du rossignol enchante
Ses nombreux auditeurs,
Le vain paon se contente
D'étaler ses riches couleurs.
Lorsqu'il fallut en venir au partage,
Le paon voulut avoir la principale part.
Moi, disait-il, c'est mon plumage
Qui du public a fixé le regard :
Et vous, chétif oiselet de village,
Vous vous amusiez à chanter.
Mais pour soutenir son système
A coup de bec, il le fit déserter.

C'est sottise extrême
De faire une société
Avec quelqu'un connu pour son avidité.

~~~~~~~~~~~~~~~~~~~~~~~~~~~~~~~~~~~~~

FABLE XVII.

L'Ane et la Chèvre.

Dans un espace limité,
Jeanne la chèvre était au piquet enchaînée.
Un âne près de là, paissait en liberté.
La première, en ce lieu, dès l'aurore amenée,
~~~~~~~~~~~~~~~~~~~~~~~~~~~~~~~~~~~~~

Rentrait le soir à la maison,
Elle y rencontrait à foison,
   Litière, et nourriture.
Elle payait ensuite, avec usure,
Le tribut à son bienfaiteur :
J'appelle ainsi, son maître et protecteur.
  L'âne, affranchi de toute servitude,
  Jouissait avec latitude,
    D'un sort indépendant :
Il courait, revenait, restait au pâturage;
  Ou dans les bois, puis revenait au champ,
Quelquefois il passait la nuit dans un bocage.
    Il en fit tant, qu'il rencontra
    Un beau loup qui le dévora.

    La raison est la chaîne
    Qui maîtrise la passion,
Sans elle, on tient une route incertaine,
Et l'on arrive à la perdition.

FABLE XVIII.

Les Fruits trompeurs.

Dans un verger, planté d'arbres divers,
On en distinguait un de superbe apparence :
    Ses rameaux toujours verds,
    Étaient chargés en abondance,
    De fruits faits pour charmer les yeux;
Leur coloris, leur mine ravissante

Vous promettaient un goût délicieux :
          Les passans, d'en cueillir
          Avaient la fantaisie ;
Mais, à peine avaient-ils satisfait leur envie,
          Qu'ils commençaient à ressentir
     Dans leur palais, une douleur amère ;
     Mais attirés par un charme puissant,
Ils cueillaient de nouveau, ce fruit appétissant
Qui malgré le danger, ne cessait de leur plaire.

          Telle est la volupté :
Elle offre en caressant sa coupe enchanteresse,
Quoiqu'on ait à souffrir, lorsqu'on en a goûté,
          On y revient sans cesse.

FABLE XIX.

L'Arbre greffé et le Sauvageon.

Un sauvageon avait pris sa croissance,
     Près d'un poirier bien travaillé,
          Palissadé, taillé.
     Quelle est, dit-il, ton ignorance ?
Tu te laisses, voisin, rogner jusques aux dents,
     Sans émettre la moindre plainte.
Fais comme moi, je suis libre, et m'étends,
     Sans gêne, et sans contrainte.
     Tu t'étends, repart le voisin,
          Au gré de ton envie,

Et pour règle , tu suis ta seule fantaisie.
          C'est fort bien : mais enfin
Quel fruit offriras-tu dans le prochain automne ,
          Lorsque Vertumne , avec Pomone ,
Viendront te demander l'ordinaire tribut ,
          Qui , dans tout verger leur est dû ?
          Crains alors, crains que la cognée
          N'entame ton stérile tronc ,
     Que sur le sol , tu ne souilles le front
          De ta tige au feu condamnée.

          L'homme à l'instinct abandonné
               Sans leçon , sans culture ,
          Est un arbre non façonné ,
     Qui ne produit que la simple verdure.

          Inutiles falce ramos amputans
               Feliciores inserit.

FABLE XX.

L'Arbre exotique et la Vigne.

Que je plains ce pays , où le jus de la treille ,
     Est interdit au triste musulman !
          Jamais cette liqueur vermeille ,
N'y raulma le cœur du colon languissant.

Un arbre né dans le climat sauvage ,
Où d'un pareil bienfait on ignore l'usage ,

En Europe fut transposé ;
On établit son domicile,
Près d'un côteau, par l'Yonne arrosé
Mais en vignoble disposé.
Il y découvre cette plante,
Basse et rampante,
Dont le bois noueux, et tortu,
Paraît ne valoir un fétu.
Quelle est donc, dit-il, cette engeance,
Tout au plus bonne à faire des fagots ?
Que grande est la démence
Des cultivateurs idiots,
Qui de pareille marchandise,
Laissent couvrir leur champs !
C'est toi, qui montres ta sottise,
Répond un des plus vieux sarmens.
Bel étranger, arbre inutile :
Laisse venir le temps de récolter ;
Et nous verrons qui des deux, plus utile,
A l'intérêt public saura mieux profiter.

Ne jugeons point sur l'apparence ;
Sous les plus modestes dehors,
Un homme rempli de science
Cache souvent de grands trésors.

FABLE XXI.

La Rose et Borée.

A PEINE les frimats qui désolent la terre
  Avaient cessé de lui faire la guerre,
Une rose précoce épanouit son sein ;
    Elle étale, soudain,
    Sa brillante parure,
Et croit voir le printems rajeunir la nature.
  Mais tapi, dans un coin du nord,
    L'impétueux Borée
    Ne songeait pas, encor,
    A quitter la contrée.
  Il survient, avec grand fracas,
  Rencontre la rose éplorée ;
  La flétrit, et la met à bas
  Sur sa tige décolorée.

  La beauté n'est rien qu'une fleur,
    Est fou qui s'y fie.
  Les accidens, la maladie,
  La changent souvent en laideur.
Les qualités du cœur sont seules immuables,
  Et donnent des succès durables.

FABLE XXII.

Les deux Arpens.

Lucas, pour héritage
Avait transmis deux fertiles arpens,
A Mathurin et Pierrot, ses enfans.
  Il convint d'en faire partage ;
  Chacun d'eux eut un lot égal,
  Comme il appartient à deux frères,
  Nés du même nœud conjugal.
Mais la discorde entre eux ne tarda guères
  A s'établir. A peine deux étés
  Avaient doré les trésors de la terre,
Qu'à Mathurin, Pierrot voulut faire la guerre ;
Prétendant que ses droits se trouvaient mal traités,
Dans la division de la commune hoirie,
  Que son terrein était plein de chiendent,
    Que sa vigne était amaigrie,
      Et son grain mal venant ;
  Tandis que tout venait en abondance,
  Dans l'autre arpent que son frère exploitait.
La chose, disait-il, est de toute évidence,
  Au seul aspect, on le reconnaîtrait.
  La cause étant au tribunal portée,
    Et par des experts discutée,
Pour moyens, Mathurin produisit ses outils,
    Bien lisses, bien polis.
  Tous les matins, avant l'aurore,

Je bêche avec eux mon jardin :
Je le tourne, et retourne encore
La mauvaise herbe arrache, brin à brin,
Taille ma vigne, émonde mes pommiers,
Et les engraisse, avec de bons fumier,
  En faites-vous, autant, mon frère ?
  Pierrot se retira confus,
    Et ne répliqua plus.

Tant vaut l'homme, tant vaut la terre.

FIN DU LIVRE SECOND.

LIVRE TROISIÈME

ÉPILOGUE.

A JULIE.

Vous voulez, aimable Julie,
Que je tire des sons d'une lyre assoupie
  Que d'un public, prompt à me censurer,
    J'ose braver le jugement sévère
    Et qu'une Muse aux prôneurs étrangère,
Sans soutien, sur la scène, aille encor se montrer.
O vous, de votre sexe ornement et modèle,
    De la vertu, vous l'image fidèle,
    Vous le savez : dans son culte divin,
        Se trouvent les vrais charmes.
Le vice est, au contraire, escorté de chagrins,
        De remords et d'alarmes.
Dans un tel choix, peut-on donc balancer ?
    C'est en ce point que la Fable est utile,
Dirigée avec art, par une main habile,
Elle instruit en jouant, et plaît sans offenser.

Mais, après Phédre et La Fontaine,
Prétendre de la fable enrichir le domaine,
    Quand ils ont su tout moissonner !
Mais ils l'ont dit, on peut *encor glaner.*

FABLE I.

L'amitié, l'Amour et le Temps.

Amour voulut du tems, un jour,
Arrêter la course rapide :
Le tems, de son aîle perfide,
Aussitôt écarta l'amour.

L'amitié discrète et fidèlle
Non loin, se tenant à l'écart
Du tems évita le regard
Et le tems ne put rien, sur elle.

FABLE II.

Le Lit de réserve.

Du sein de l'opulence,
Cléon, par de fâcheux revers,
Privé de son ancienne aisance,
Et fuyant un monde pervers,
Conservait un ami fidèle.
Une maison modeste, et pourtant assez belle,
Remplaçait son hôtel, autrefois fastueux.
Et décoré de meubles somptueux.
Mais une chambre reculée
Avec plus de recherche avait été meublée.
Son ami vint le voir, guidé par la pitié,
Du courage, dit-il, le remède est facile,
Mais à quoi bon cette chambre inutile? —
Mon ami, j'y réserve un lit pour l'amitié.

Amitié ! doux sentimens de l'ame !
Quand tu remplis les cœurs
De ta divine flamme,
Pourraient-ils regretter de trompeuses douceurs ?

~~~~~~

FABLE III.

L'Arc.

Avint à certain ignorant
Un arc d'excellente fabrique,
Bien délié, bien élastique,
Mais tout uni, sans ornement :
On en touchait à peine la détente,
Que la flèche volait avec rapidité.
Son maître, d'humeur inconstante,
N'admettait dans ses goûts que la variété.
Il va chercher un ciseleur habile.
Voilà mon arc ; de votre main agile,
Gravez-y tout autour.
Divers sujets, attributs de la chasse.
Le benêt transporté
Court s'en servir : l'arc casse,
Et le laisse ébahi de sa stupidité.

Avec adresse, on aide la nature ;
Mais en forçant la corde, on cause sa rupture.
~~~~~~

FABLE IV.

Le Chien de chasse.

Un jeune homme, amateur de chasse,
Mais très-novice en ce métier,
Avait acquis un chien de bonne race.
Ce chien prenait le lapin au terrier,
Devançait le lièvre à la course,
Tenait la perdrix en arrêt,
Et le chevreuil dans la forêt
Contre ses tours n'avait point de ressource.
Mon nigaud, en le possédant,
Croyait agrandir son domaine.
Mais que cet animal est maigre et languissant !
Il ne pourra jamais me suivre dans la plaine,
Disait-il à ses gens.
Eh ! vîte qu'on l'engraisse,
Qu'on lui donne des restaurans.
Aller courir aux champs,
Avec pareille espèce,
Ce me serait un bel honneur.
Les gens n'y firent faute :
Ils empâtèrent le coureur,
Si bien qu'on n'y voyait muscle, tendon ni côte.
Son maître, enfin, voulut le mener dans les bois ;
Dès les premiers élans, il le vit aux abois.

Trop de disette amène la faiblesse,
Trop d'abondance engendre la mollesse.

FABLE V.

L'Ecolier et la Vive.

Un écolier s'amusait à pêcher.
Je faus; il essayait. Loin de s'en approcher,
Gros et menus poissons étaient sur le qui vive.
Avint une fringante vive
Qui, voyant de cet enfant
La jactance et la mal-adresse,
Voulut, à ses dépens, s'amuser un moment.
Elle bondit sur l'eau, s'avance avec prestesse,
Vire de bord, et de loin fait un saut ;
Puis, se rapprochant du marmot,
Paraît lui présenter une prise facile.
L'écolier tend la main ; dans le cristal mobile,
Alonge un pied incertain,
Puis, sens devant derrière,
Tombe la tête la première ;
Confus, mais non sans peine, il s'en retire enfin.

Aveugle confiance
Et curiosité,
Orgueilleuse inexpérience
Avec témérité,
Des humains tel est l'apanage :
L'erreur est de tout âge.

FABLE VI.

La bonne Compagnie.

Dans un de ces vastes enclos,
Que basse-cour communément on nomme,
Se trouvaient rassemblés, ne sais comment ni comme,
Un très-grand nombre d'animaux
(De ceux qu'on nomme domestiques),
Grands et petits, terrestres, aquatiques,
Soit quadrupèdes, soit oiseaux ;
Mais chacun, à part soi, dans cet ample repaire,
Vivait en méprisant ses divers compagnons.
Qui ? Nous ? disait des paons la troupe mercenaire,
Nous irions nous commettre auprès de ces dindons ?
Les dindons, à leur tour, blâmaient le caquetage
De la poule au gosier bruyant.
Des lapins les brebis fuyaient le voisinage ;
Les vaches se tenaient loin du troupeau bêlant ;
Les poules s'écartaient de la pesante outarde ;
Celle-ci fuyait les oisons.
Des canards la gent babillarde
Critiquait les pigeons.
Chacun faisait, en un mot, bande à part.
En censurant du meilleur de son ame,
Ceux qui marchaient sous un autre étendard.

Les humains, sur ce point, ne sont exempts de blâme,
Un célèbre auteur nous l'a dit :
Hors nous et nos amis aucun n'aura d'esprit.
(Devise qui convient à toute coterie.)
Chacun se croit *la bonne compagnie,*

4

FABLE VII.

Les deux Flambeaux.

L'HYMEN venait d'unir deux cœurs
Qu'Amour avait comblés de ses faveurs :
  Mais on sait qu'après l'hyménée,
    Souvent l'amour s'endort.
Ce dieu, voyant sa tâche terminée,
    Avait en effet pris l'essor ;
    Et dans une case voisine ,
Il sommeillait , tant soit peu harrassé.
Près de lui , son flambeau, par terre , était laissé.
    L'hymen survient, à la sourdine ,
      Il troque de flambeau ,
  Le porte près la couche nuptiale ;
Il répand autour d'eux tous les feux qu'il exhale ,
    Et les remplit d'un feu nouveau.
  L'amour s'est aperçu depuis , de la méprise ;
    Mais craignant toujours la surprise,
      Il prend souvent , sans examen ,
Au lieu du sien , le flambeau de l'hymen.

Et c'est pourquoi l'amour , après le mariage ,
Subsiste encor dans quelque heureux ménage.

FABLE VIII.

Le Portrait.

LA Tulipe, dans un parterre,
Etalait ses riches couleurs ;
Elle effaçait la parure ordinaire
Des autres fleurs.
Son maître, de ce rare objet
Voulut conserver le portrait.
Il mande un artiste habile,
Qui commence à le dessiner ;
Mais obligé de retourner,
Dès le lendemain, à la ville,
Il s'occupa d'autres travaux.
Pendant ce temps, la fleur, battue
Par les vents, n'offrait plus qu'une tige menue
Indigne de tous les pinceaux.

Telle qui fut peinte à quinze ans,
N'est plus la même après les ravages du temps.

FABLE IX.

Le Ciron.

Sur les beautés de la nature,
Sur son étonnante structure ,
Un ciron méditait : pourquoi pas ? Un ciron
Peut-il pas réfléchir aussi bien qu'un oison ?
Il disait , non sans complaisance ,
Cui , c'est pour moi qu'ont été faits
Tous ces ouvrages si parfaits ;
Je suis libre , je mange et bois,
Sans me mêler des querelles des Rois.
Eh ! qu'a de plus cette plaisante espèce ,
Qui, pour avoir quelques pieds plus que moi,
Se croit des animaux le roi.
Tandis que l'ours dans les montagnes ,
Le lion dans les bois ,
Se moquent de ses lois ,
Et pourraient lui ravir l'empire des campagnes.
A peine a-t-il fini ce beau raisonnement ,
Que l'homme l'écrâse , en marchant.

C'est ainsi que , dans ce bas-monde ,
L'être le plus chétif en amour-propre abonde ;
Chacun pense, dans son étui ,
Que tout est fait pour lui.

FABLE V.

Le Cheval de bataille.

Un Général, au sortir d'un combat
　　Qu'avait couronné la victoire,
　　Couvert de poussière et de gloire,
　　Rentra dans le sein de l'état.
　　Autour de lui chacun s'empresse,
　　On le festoye, on le caresse.
Vient à la suite un splendide repas,
　　Où les mets les plus délicats,
　　　Et sur-tout l'ambroisie,
　　　Invitaient le vainqueur
A goûter de la paix les fruits et la douceur.
Son cheval, cependant, conduit à l'écurie,
　Pour tout régal, trouvait un peu de foin ;
Sous ses pieds, la litière, étalée avec soin,
　Formait le lit propre à sa Seigneurie.
　　Quelle différence entre nous,
　　　Disait-il en lui-même :
On encense là-haut, mon maître, à deux genoux,
　　On l'élève au faîte suprême ;
Il m'en souvient pourtant, j'eus grand'part au succès ;
　　Pour lui, dans la mêlée,
　J'ai serré l'ennemi de près.
　　Certes sans ma souplesse,
　Et ma docile agilité,
　　Il n'eût pas évité

Le coup de quelque arme traîtresse;
Et tout l'avantage est pour lui,
Pour moi la retraite et l'ennui.
Ah ! si Caligula m'avait eu pour monture,
Des dignités ou bien de la censure
J'aurais obtenu les honneurs ;
J'aurais siégé au rang de nos questeurs.
Encor si c'était Alexandre
Que dans les rangs j'eusse porté,
Avec son Bucéphale on m'aurait vu prétendre
A l'immortalité.
Mais, las ! il faut rester dans mon obscurité.
Disant ces mots, et maudissant la gloire,
Il se remet à sa mangeoire.

Telle est l'ambition : de son sort mécontente,
Au plus haut rang elle veut aspirer ;
Mais en vain elle se tourmente,
Dans sa condition il lui faut demeurer.

FABLE XI.

Le Misanthrope.

Sots ou méchans, telle est l'espèce humaine,
Déclamait un triste censeur,
Qui pourtant s'exceptait : oui, la chose est certaine,
L'homme est cupide, envieux et menteur,
On peut, à son aise, en médire.
Aussi je veux qu'il soit l'objet de ma satire.

Eh ! qui donc vous lira , lui dit certain compère ?
Ami , répond l'atrabilaire,
Chacun croira, lisant mon ouvrage malin ,
Que je parle de son voisin.

Dans l'œil d'autrui tel voit un objet invisible,
Qui , dans le sien , n'aperçoit pas un crible.

FABLE XII.

L'Homme et l'Orang-Outang.

UN Européen commerçant,
Dans un comptoir d'Afrique,
S'en allait à la chasse, ainsi qu'il se pratique,
En un pays ouvert à tout venant.
Au coin d'un bois, il fait rencontre
D'un fort orang-outang, qui, tout-à-coup, se montre,
Aux yeux de mon chasseur.
Il s'arrête, et ne peut déguiser sa frayeur.
L'homme des bois rit de sa contenance;
Et le harangue, à-peu-près, en ces mots :
Chétif individu de cette espèce humaine,
Qui sur le globe opère tant de maux !
Tu fais la guerre à des êtres timides,
Qui, loin de toi, vivent en paix.
Mais non content d'arpenter les forêts,
Pour exercer tes fureurs homicides,
Monstre altéré de carnage et de sang,
De tes pareils tu déchires le flanc.

Tu te vantes d'être l'image
De la Divinité,
Et déshonores son ouvrage,
Par ta perversité.
Nous, que tu traites de barbares,
Nous suivons la nature, et consultons ses lois,
Nos querelles sont des plus rares ;
Ces disputes sont terminées,
Dès-lors qu'elles sont nées.
En achevant ses mots,
Il lui tourne le dos ;
Et regagne, à pas lents, sa cabane rustique.

L'homme obtint la raison
Pour son partage :
Hélas ! comment fait-il usage
D'un aussi précieux don ;
Les animaux lui donnent la leçon.

ÉPILOGUE.

Phedre tenant un miroir à la main,
(C'était tout bonnement, du sage de Phrygie
L'ouvrage merveilleux :) rencontre en son chemin
Ce fou qui se croyait de la philosophie,
Parce qu'il prétendait haïr le genre humain.

Pour le guérir, le sage
Se contente, à ses yeux
De dévoiler le miroir radieux ;
Regarde ici, dit-il, tu verras ton image.

FABLE XIII.

La Montagne.

Un villageois qui, de sa vie,
N'avait connu ni châteaux ni créneaux,
De voyager eut fantaisie.
Et cheminant, et par monts et par vaux,
Il vient au pied d'une montagne,
Dont la cîme touchait aux cieux,
Et l'ombre s'étendait au loin dans la campagne,
Interdit, il lève les yeux ;
Il voit que son aspect est riant et fertile,
Et qu'un sentier offre, à ses pas,
Une route prompte et facile.
Pourquoi, dit-il, pourquoi n'irais-je pas,
Au haut de cette énorme masse ?
A mes pieds, j'y verrai
Beaucoup de gens en place,
Qui me narguaient, à qui je le rendrai.
Voilà notre manant au faîte ;
Mais à peine, à ce point était-il parvenu,
Qu'un éblouissement lui fait tourner la tête
Il revient, fort content d'être redescendu.

Tel est l'ambitieux,
Atteindre des honneurs le faîte inaccessible.
Il y monte joyeux,
Mais la chûte est terrible.

FABLE XIV.

Le Marais.

Deux voyageurs, égarés de leur route,
Venaient de traverser un bois, où maint voleur,
Avait retraite ; et par malheur,
On commençait à n'y voir goutte.
Un pré s'offre à leurs yeux :
Ils s'y lancent, faute de mieux ;
Mais l'eau perçait sous l'herbe mensongère,
Déjà d'une course légère,
Ils en avaient parcouru la moitié,
Quand le terrein mobile,
S'affaisse sous leur pied.
Que faire, en ce cas difficile ?
Se débattre. Efforts superflus !
Ils s'enfoncent de plus en plus.
Retourner sur leurs pas n'était chose assurée.
Force leur fut, dans le bourbier épais,
D'attendre le retour de l'aurore pourprée.

Tel se trouve souvent surpris dans ses projets
D'un côté, les voleurs ; de l'autre, le marais.

FABLE XV.

Le Neveu.

Lisimon, d'un lointain voyage,
Chez lui revint chargé d'écus.
Dieu sait comme le parentage,
    L'accueillit en chorus.
Il n'avait point subi de l'hyménée
    Le joug doux et fâcheux :
    C'était rencontre fortunée,
        Pour des neveux.
L'un plus adroit, ou plutôt plus avide,
    S'établit près du bon veillard.
Sous des soins empressés, cachant un cœur cupide,
    Il dissimulait son attente avec art.
    Depuis deux jours l'oncle était seul aux champs..
        On le tient pour mort ; et ses gens
Coururent en porter la nouvelle à la ville.
Au lieu de se livrer à d'inutiles pleurs,
    Le cher neveu fit trêve à ses douleurs.
        Il s'en va chez un Commissaire.
        Eh ! vîte ! il est nécessaire
De mettre des scellés ; je sais qu'un bon écrit,
        De l'hérédité me nantit.
        J'en veux constater l'existence
Avant que des parens envieux et jaloux,
        Puissent en prendre connaissance.
Tandis qu'il s'abandonne à des soins aussi doux

Voilà bien le diable en campagne,
Lisimon reparaît et laisse confondu
   Le bon neveu : comme un Roi de Cocagne.
         Il se sauve éperdu.

   L'intérêt honteux et sordide
      Eteint tout autre sentiment;
   Mais tôt ou tard, l'homme cupide
   Décèle son mauvais penchant.

FABLE XVI.

La Bouteille.

D'EXCELLENT vin de Chambertin
Une bouteille était remplie,
Quatre gourmets, un beau matin,
La vidèrent de compagnie.
Elle avait perdu les attraits,
Qui fixaient ses amans près d'elle;
Voyons si, par de nouveaux essais,
Je puis les ramener, dit-elle.
   Ne sachant quoi choisir
Elle se remplit de piquette,
Et près d'eux, elle va s'offrir.
Nos gens, à la seule couleur,
S'aperçurent de cette erreur.
Ils examinent la liqueur,
Et saisissent, avec colère,
Le flacon qu'ils jettent par terre.

Belles ! qui par vos seuls appas
Voulez régner en souveraines,
Sachez que c'est par la douceur
Qu'on forme de durables chaînes.

FABLE XVII.

Le Nid de l'Hirondelle.

C'est aux oiseaux que la nature
A départi l'heureux instinct,
Qui par la route la plus sûre,
Les conduit toujours à leur fin.
Amour, union conjugale,
Soins partagés, ardeur égale,
Pour élever les fruits de leurs amours.
Hélas ! chez les humains, les trouve-t-on toujours ?

Un moineau s'empara du nid d'une hirondelle,
Les moineaux sont entreprenans.
Tandis que la pauvrette était en quête aux champs,
Le brigand s'était mis, non loin, en sentinelle.
Il fond sur les parois artistement bâtis,
Que Progné, prévoyante,
Avait construits pour ses petits.
Progné revient, et contre son attente,
Elle trouve un hôte étranger,
Qu'elle n'entendait héberger,
Dans son nid destiné pour un tout autre usage.
Elle rêve aux moyens de punir ce voleur :
Car de faire tapage,

Comme fait un auteur,
Lorsqu'un maudit censeur
Critique son ouvrage;
Pour pareille sottise elle avait trop de sens.
Elle court avertir ses amis, ses parens,
Du nid, après conseil, ils bouchent l'ouverture,
Avec bon mortier et ciment,
Et, dans ses propres lacs, enferment le brigand.

Contre celui qui sait employer la surprise
La ruse est quelquefois permise.

FABLE XVIII.

L'Epagneul.

Favori de la jeune Hortense,
Un épagneul était rempli d'intelligence :
Il connaissait, au flair, les importuns,
De toutes les couleurs : gris, noirs, jaunes, ou bruns.
Mais sur-tout la tourbe volage,
De ces muguets qui, pour chaque beauté,
Prodiguent sans pudeur leur ridicule hommage,
Par pure vanité,
Dans le logis de sa belle maîtresse,
Si quelqu'un d'eux portait ses pas,
Il s'agitait sans cesse,
Et ne s'arrêtait pas,
Qu'il n'eût chassé le fade personnage.

Belles, qu'un tel ami
Vous serait en ce pays-ci
D'un grand usage.

FABLE XIX.

L'Ane et le Villageois.

L'HOMME abuse de tout; s'il achète un esclave,
C'est pour le tracasser, du matin jusqu'au soir,
    S'il l'enferme dans son manoir,
    Comme un cardinal, au conclave,
        Il exige d'autres travaux
        Jamais ni trève ni repos.
A-t-il un chien : il faut que la journée entière,
    Dans les plaines, et dans les bois,
    Il force le cerf aux abois.
    Sobre d'avoine et de litière,
    Son cheval, jusques sur les monts
    Ira retourner les sillons.

    Un villageois, d'un âne fit emplette,
    Combien j'en tirerai d'utilité,
        Dit-il à sa femme Perrette ?
Je tirerai parti de sa docilité.
Dès ce jour, en effet il l'envoie à la ville.
        Surchargé de côterets
        L'âne toujours docile,
        Les reçoit sur son dos ;
    Et le maître imbécille
Le charge tant, qu'il tombe sous le faix.

        Ménages ta monture,
        Si tu veux qu'elle dure

En la chargeant outre mesure,
D'un poids trop grand,
Tu pers ta peine, et ton argent.

~~~~~~~~~~~~~~~~~~~~~~~~~~~~~~~~~~~

FABLE XX.

Le Ver luisant et le Ver de terre.

LE ver luisant plaignait le ver de terre
De son obscurité,
Moi, disait-il, je brille, aussi j'éclaire
Et je jouis de ma célébrité.
L'autre, rentrant, dans sa grotte profonde,
Lui répond ; je te plains de tant de vanité.

Combien de gens dans ce bas monde,
Brillent, ainsi que toi, d'un éclat emprunté.
~~~~~~~~~~~~~~~~~~~~~~~~~~~~~~~~~~~

FABLE XXI.

Le Mâtin et les Lévriers.

Deux lévriers, au retour de la chasse,
S'établirent près d'un bon feu.
Vient un mâtin pour prendre place :
Camarades, de grâce, écartez-vous un peu.
Point. Les dormeurs font sourde oreille ;
Un peu d'adresse, en pareil cas,
Plus que la force, fait merveille.
Voici comment se tire d'embarras
Notre étranger. Il sort, et dans les champs aboie,
Comme s'il poursuivait la trace d'un gibier.
Les dormeurs. Qu'est ceci ? Sans doute, quelque proie
Qu'a découvert ce beau limier ?
Ils courent à perte d'haleine,
Et, de droite et de gauche, ils vont battre la plaine
Pendant ce temps, messir Breffaut,
Par une route détournée,
Rentre au logis, et d'un seul saut,
Gagne la cheminée.

Ainsi, dans la société,
Il faut, parfois, user de ruse,
Quand l'égoïsme se refuse
A la civilité.

~~~~~~~~~~~~~~~~~~~~~~~~~~

FABLE XXII.

Le Musée de l'Amour.

Une fillette peu rusée,
Dont l'âge avait embelli les attraits,
Voulut voir le Musée
Où l'Amour cache ses traits.
Il aperçoit la belle,
Et vole au-devant d'elle.
Prenez, dit-il, dans mes bijoux,
Choisissez ce qui peut vous plaire;
Prenez, ils sont à vous.
La belle, de tout ignorante,
Des dards prit le plus acéré.
A ses dépens, elle devint savante;
Son cœur n'en revint pas tel qu'il était entré.

Le cœur peut perdre en gagnant la science,
Mieux vaut, par fois, l'ignorance.

FIN DU LIVRE TROISIÈME.
~~~~~~~~~~~~~~~~~~~~~~~~~~

LIVRE QUATRIÈME.

ÉPILOGUE.

Tout *est dit* dans le monde.
          Ce proverbe adopté
Par le vulgaire, est souvent répété.
Quelques auteurs, en vain, en ce bas monde,
Feraient merveille ; on leur dira toujours :
Tout est dit. Si ce mot, qui flatte la paresse,
Avait découragé mille grands écrivains,
Les arts, depuis long-temps, seraient dans la détresse,
Et nous n'aurions pas leurs chefs-d'œuvre divins.
          On sait que la nature avare
                Et prodigue à-la-fois,
                Pendant l'hiver, prépare,
                Dans les champs, dans les bois,
Les germes précieux qui doivent reproduire
Les trésors, que le cours des mobiles saisons
                Voit tous les ans détruire.
          Mais, économe de ses dons,
          Ce n'est qu'avec parcimonie
Qu'elle transmet à ses chers nourrissons,
De loin en loin, les élans du génie.
Mais, sans atteindre au rang de ces rares esprits,
     Qui, de beaux-arts reculant la barrière,
     Ont illustré le siècle de Louis,

Sans égaler Corneille, ou Racine, ou Molière,
Plusieurs, à côté d'eux, ont, d'un pas assuré,
      Marché dans leurs routes battues :
      Quelques-uns même ont rencontré
L'art de fructifier des branches inconnues,
      Et leurs travaux ont enrichi
      De la science le domaine.
      Mais aucun, encor, n'a franchi
L'intervalle profond qu'a laissé La Fontaine,
Ce n'est pas seulement par la naïveté,
Dont il a possédé la secrette magie,
      C'est plus par la sublimité,
            Attribut du génie,
      Qu'il a fondu dans des récits
  Contés avec une grâce inexprimable,
Que la postérité lui décerne le prix,
      En lui donnant le nom d'*Inimitable*.

      Mais si l'on ne peut approcher
      D'un aussi parfait modèle,
      Direz-vous, à quoi bon chercher
De cultiver un art à vos travaux rebelle ?
      Quoi ! ce champ cultivé
      Par une main habile,
  Ne peut-il pas redevenir fertile ?
Notre maître l'a dit, et plusieurs ont trouvé
Le secret d'en tirer plus d'une plante utile.
      Si le sublime Raphaël,
      L'honneur de l'école Romaine,
Si de Buonarotti le génie immortel,
      Avaient éloigné de la scène
Ceux qui d'un feu divin se sentaient animés,
      Nous n'aurions pas maint ouvrage
      De plusieurs peintres renommés,

Qui leur ont succédé, jusqu'à nous, d'âge en âge.
Parmi les artistes connus,
On sait que tous n'ont pas même manière,
Et qu'en terme de l'art, chacun d'eux a son *faire*.
Si, par divers sentiers, on les voit parvenus
Au faîte de la gloire,
Il n'importe par quels chemins
Ils sont entrés au temple de Mémoire.]
Sachons jouir de leurs succès.

En poésie aussi bien qu'en peinture,
Plus-d'un auteur pourrait encore être cité.
On applaudit toujours à la belle nature ;
Mais on proscrit la médiocrité.
Arrête ici, Muse trop véridique !
Lorsque tu fais pareille allusion ,
Crains que l'on ne t'applique
Cette proscription.

~~~~~~

FABLE I.

Le Diamant.

UN diamant sorti des mines de Golconde,
Dans une obscurité profonde
Gissait, près d'un sentier bannal.
A quelque pas, un morceau de cristal
Etait couché par aventure ;
D'un bijou précieux il avait la figure.
Passe, certain marchand ,
~~~~~~

Venant de la foire voisine.
Attiré par ce faux brillant,
Il le ramasse, l'examine,
Et le rejette avec dédain.
Puis, en poursuivant son chemin,
Il aperçoit une pierre commune,
Qui ne paraissait pas mériter ses regards.
Très-souvent la fortune
Se plaît à ces cruels hasards.
Il la ramasse, et la remet aux mains
D'un lapidaire honnête
Qui la travaille : elle orne enfin la tête
De l'empereur des Abyssins.

Telle l'on voit la violette ;
Elle se cache sous l'herbette
Sans titre, et sans honneur.
Cueillie, elle ravit par sa suave odeur.

FABLE II.

L'Amateur de Tableaux.

Certain amateur de peinture,
Fort ressemblant à l'ours amateur des jardins,
Et se croyant, connaisseur des plus fins,
Chez un marchand, alla, par aventure,
Pour faire emplette de tableaux.
Il voulait en former collection d'élite.
Faites-moi voir, dit-il au marchand, les plus beaux;

Je m'y connais, et déjà l'on me cite,
Pour posséder un rare cabinet,
Digne de figurer, vers la fin de l'année,
    Au catalogue de Paillet.
    Bénissez votre destinée,
        Lui répond le marchand.
Je possède un tableau, chef-d'œuvre de l'Albane. —
    Il faut le voir.... Bon ! c'est là du clinquant,
Et puis des sujets saints : moi, j'aime le profane,
    Le facétieux, le galant.
        Et de quel prix ? — Deux cents pistoles. —
Quoi, deux cents ? — Je ne puis en ôter deux oboles. —
Pour un tel prix, il faut que ce soit un croquis.
    Je vous l'ai dit ! je ne veux que du rare,
        Du parfait, de l'exquis.
    Lors, le marchand, voyant de cet ignare
        La risible présomption,
Lui montre une copie assez bien imitée,
    Fort brillante, et fort empâtée,
    En exaltant sa pénétration ;
Et pour six mille francs, par son impéritie,
    Le connaisseur obtient cette copie.

    De cette erreur plus d'un homme est atteint.
J'ai vu, tel, critiquer les vers du grand Corneille,
        S'extasier, crier merveille,
        Aux vers de Chapelain.

FABLE III.

Le Peintre dans son attelier.

Un grand peintre illustré par de nombreux succès,
Sur-tout habile en l'art de bien rendre les traits
　　Avec parfaite ressemblance,
　　Parcourait, non sans complaisance,
　　Les différens tableaux,
　Dont l'attelier, confident de ses veilles,
　　Renfermait les merveilles.
O prodige! une voix sortant d'un des panneaux,
　A ses côtés se fait entendre.
Il approche, il écoute, entend la toile rendre,
　　Distinctement ces mots,
Echappés du portrait de la coquette Elvire.
« Vous n'avez pas saisi mon air fin et charmant,
　» Encore moins cet enjoûment,
　» Qui sur les cœurs a fondé mon empire. »
A peine ce portrait a cessé de parler,
Qu'une autre tête aussi commence à babiller:
　Et tout autour plaintes de s'exhaler.
Celle-ci de son nez plaint la longueur extrême;
Celles-là de leur teint accusent la couleur.
L'une se dit trop rouge, et l'autre, par trop blême;
Une autre de son front critique la hauteur.
Cheveux, sourcils, regards : aucune n'est contente :
Et le peintre, étourdi, jure et s'impatiente.
　Lors il découvre un tableau plus discret,
　Qui, devant lui, demeurait en silence,

Mais dont l'air doux , et les traits enchanteurs ,
De ses voisins éclipsait les couleurs.
De vous, dit-il, que faut-il que je pense ?
Craignez-vous, donc, aussi, de m'offenser ?
   Veuillez ne me rien déguiser.
Lors le portrait d'une grâce nouvelle ,
   Répond , vous m'avez fait trop belle.

Tel est votre portrait, belle Félicité.
Seule , vous ignorez le pouvoir de vos charmes,
   Quand tout vous rend les armes.
Votre vertu relève encor votre beauté.

FABLE IV.

Le Miroir magique.

Dans ce siècle pervers ,
Qui voudrait un miroir , où l'âme toute nue,
   Ainsi que les objets divers ,
      Se peignit à la vue ?

Tel était le présent , qu'au bon vieux temps , jadis,
Non loin de cette plage , où dominait Sardis ,
   Experte en l'art de former la jeunesse,
Une fée avait mis aux mains d'une princesse.
      Par dessus tous mes dons ,
      Gardez bien , lui dit-elle ,
      Cette glace fidelle ;
   Elle vaut toutes mes leçons.
Mais qu'aucune personne , au vice abandonnée ,

N'approche de ses bords un regard curieux,
    Où, bientôt, de sa destinée
Vous verriez terminer le cours mystérieux.
Oh! combien la princesse, avec un pareil guide,
    Dans les vertus fit de progrès !
    De cette censure rigide,
    Tels furent les heureux effets.
Chaque jour, en secret, ce conseiller sincère
Dévoilait de son cœur les secrets mouvemens.
    Chaque jour, le soin de bien faire
    Réglait ses moindres sentimens.
Comme son âme était aussi simple que pure,
    La glace gardait sa beauté ;
    Et de son utile censure
    Rien n'altérait la vérité.
Un jour, chez la princesse, une femme méchante
    S'insinua par de trompeurs propos,
D'autant plus dangereux, qu'elle était séduisante.
Elle vante, avec art, ses vertus, ses appas ;
Feint de régler ses goûts, sur les mêmes maximes,
    Hait les méchans, et déteste les crimes,
Et loua des vertus qu'elle ne connait pas.
De la princesse elle a bientôt la confiance ;
En vain, de tous côtés, ou critique ce choix,
Des gens les plus zélés, elle étouffe la voix
    En les taxant de médisance.
La glace était encor dans son intégrité.
L'âme de la princesse étant toujours la même,
    Elle y trouvait même clarté,
    Et sa crédulité
Redouble ainsi, pour la femme qu'elle aime.
    Enfin, tel est l'aveuglement,
    Suite de sa faiblesse,
Qu'elle lui montre ingénûment,

La glace prophétesse.

Que de vices, alors, parurent au grand jour!
L'hypocrite n'en peut supporter la peinture,
Et son souffle y répand une horrible souillure,
Qui pénètre la glace, et la perd sans retour.

Jeunesse imprudente et facile,
De votre honneur tel est l'éclat fragile!
Sans prudence et sans choix, d'un adroit suborneur
On accepte la compagnie,
Que l'on fuira, bientôt, avec horreur.
l est bien temps, quand la glace est ternie!

FABLE V.

Le Miroir et la Pendule.

COMMENSAUX, tous les deux, d'un même appartement,
Un miroir eut, avec une pendule,
Un entretien assez plaisant:
Point ne sais, ni quand, ni comment.
Mais le voici, sans tant de préambule.
Le miroir dit : ma glace, avec fidélité,
Retrace les objets qui s'offrent devant elle.
Comment donc contre la vérité,
L'homme y rencontre-il une image infidèle?
La coquette de cinquante ans
Y voit ses attraits de quinze ans.
Et la laide, sur son visage,
Trouve les traits de la beauté.

La prude y vient, sous l'apparence sage,
　　Cacher son goût pour la lubricité.
　　　　La fille déhontée
　　　　S'y déguise en Agnès.
　　Et le trompeur, à la mine effrontée,
　　　S'y montre sous un air niais,
Bon! repart la pendule. Oh! c'est une merveille!
Mais si je te disais, ce que mes confidens,
Sans nul déguisement, me disent à l'oreille.
　　Les faits n'en sont pas moins divertissans,
L'un, du petit lever vient interroger l'heure.
　　　L'autre, du jeu guette l'instant;
　　　Un autre, près de moi, demeure,
Jusqu'au moment de faire, aux plaids, un faux serment,
Un brigand, vers minuit, lorsqu'Argante sommeille
　　　Sort pour forcer son coffre-fort.
　　　Le galant, à chaque heure veille,
　　　Et convoîte un plus doux trésor.
　　L'ambitieux, matin et soir, ne cesse
　　　D'enfanter de nouveaux projets.
Et l'usurier attend l'heure des intérêts
　　　De l'argent sorti de la caisse.
　　　Un dernier vient m'interroger,
　　　Pour savoir l'heure du berger.
　　　Aucun d'entre eux ne songe,
Que tout est, ici bas, illusion, mensonge,
　　Que chaque instant, sur mon cadran noté,
　　　Est un pas vers l'éternité:
Et tel, souvent, est encore arrêté,
Par des crimes nouveaux, où son cœur s'abandonne,
　　Lorsque, pour lui, la dernière heure sonne.

　　　Ces meubles, sans doute dotés,
　　　Par quelque fée intelligente,

Nous enseignent deux vérités :
L'une qu'envain la morale présente ,
A notre esprit de sensibles clartés ;
L'amour-propre, en détours habile ,
Nous les fait voir sous de faux jours.
Et l'autre, que le temps, en recherches futiles,
Se consume presque toujours.

FABLE VI.

La Vérité à la Cour.

Un potentat voulut entendre
L'austère vérité.
Parlez, avec sincérité :
De vous je veux apprendre ,
(Disait-il à ses courtisans)
De mes sujets quels sont les sentimens ,
Connaître, si mon peuple m'aime,
S'il me tient compte de mes soins.
Pouvez-vous en douter ? leur amour est extrême.
Vous veillez à tous leurs besoins ;
Et chacun chante vos louanges ,
Répond un fin limier de cour.
Un autre d'enchérir : et chacun tour-à-tour,
Elève jusqu'aux anges ,
Les vertus du monarque, et ses rares exploits.

Vient un vieil officier, tout couvert de blessures.
Le Roi desire être instruit par sa voix.
Rois ne sont fait à des vérités dures,

» Dit le guerrier. N'importe, j'obéis :
   » Dût ma franchise vous déplaire.
» Le peuple est aux abois ; désert est le pays.
  » Sur votre cœur sensible et débonnaire,
  » Les maltotiers , vampires de l'état,
   » Fondent leur espérance.
» Ils foulent votre peuple , et de votre finance
» Le plus clair, le plus net, dans leurs coffres s'abat.
 » Examinez , éclairez leurs manœuvres ;
» Et vous dissiperez leurs criminelles œuvres »
  Le Roi parut entendre avec plaisir
   Cette sévère remontrance :
Il loua l'officier, et dit à son visir,
   De lui donner la récompense,
   Qu'il jugeait due à ses vertus.
Le guerrier s'en alla, bien content en son âme.
   Il voyait retomber le blâme ,
Sur les menteurs de cour, et cesser les abus.

Mais sa harangue fut à l'oubli condamnée,
Le courtisan reprit son ancienne menée :
   La vérité n'eut plus de voix ,
   Et tout alla , comme autrefois.

FABLE VII.

Lucile.

D'un essaim de trompeurs amans
La jeune Lucile entourée,
De leur frivole encens,
N'était point énivrée.
Un sentiment plus pur s'était glissé
Dans son âme ingénue ;
Il ne pouvait être effacé
Par une insipide cohue,
Dont l'hommage importun,
Ne cherche qu'à tromper la crédule innocence.
Elle n'osait pourtant interroger son cœur :
Sous la seule apparence
De la reconnaissance,
Elle aimait son tuteur.
Chose, certes, contraire
Aux us du monde sublunaire,
Où l'on aime très-sobrement
Ceux de qui l'on dépend.
Eh ! Qu'est-ce qu'un tuteur ? un être atrabilaire,
Ennemi des plaisirs, tyran de la beauté,
Et voulant la plier sous son humeur sévère.
Tel n'était Dorimont, le tuteur de Lucile ;
Doué d'un juste jugement,
Il avait reconnu, chez sa jeune pupille,
D'un caractère heureux le vertueux penchant.
Exempt de la fausse indulgence,
Qui dissimule les défauts,
Et de la pesante arrogance,

Partage ordinaire des sots,
  Il évitait près d'elle,
  Les ennuyeux sermons ;
  Et ne montrait son zèle,
Que par les plus douces leçons.
  Mais le tuteur était sensible,
Il défendait son cœur d'un trait irrésistible.
Quoi donc, se disait-il, huit lustres sur ma tête,
Ne me préservent pas de l'erreur des amans ;
Est-ce à toi, faux ami, de faire la conquête
  D'un enfant de seize ans ?
  Hâtons-nous de lui faire emplète
D'un jeune époux propre à combler ses vœux,
  Je me verrai, de son bonheur, heureux.
  Il va trouver Lucile à sa toilette.
Elle n'avait jamais montré tant de beauté.
Dorimont se recueille, et d'un ton agité,
Qu'il s'efforçait de rendre plus tranquille :
  Voici le temps, belle Lucile,
  De faire un choix digne de vous ;
  Dans cette brillante jeunesse,
Qui suit vos pas, choisissez un époux.
  Je connais trop votre sagesse,
Pour présumer qu'un vicieux sujet
  D'un choix aussi digne d'envie,
  Puisse jamais être l'objet.
Mon choix est fait, dit avec modestie,
Lucile : il en est un que j'ai dû préférer. —
  Est-il encore à l'ignorer. —
  Il est modeste et sage,
  Bon, instruit, généreux ;
De ses talens il fait un bon usage ;
  Il est l'appui des malheureux. —
Je ne reconnais là ni Damon, ni Chrisale,

Tous deux ardens à vous faire la cour. —
Croyez-vous donc que des beautés du jour,
Je veuille être rivale ? —
Serait-ce donc le fastueux Cléon ? —
Il est trop vain de sa richesse. —
Je m'y perds. — Du mortel objet de ma tendresse
Vous connaissez et la fortune et le nom......
Enfin..... puisque vous me réduisez
Moi-même à l'en instruire,
Je ne veux balancer
Plus long-temps à le prononcer.
En même-temps, Forlis, un de ces agréables ;
Fléaux des époux, des amans,
A débiter d'impertinentes fables,
Près des belles, passant leur temps,
Se fait voir, au moment où Lucile attendrie,
Disait : il est ici présent,
Cet amant trop discret, que j'aime pour la vie.
Dorimont, à ces mots, reste sans mouvement,
Croyant que cet aveu charmant
Du beau Forlis assurait la victoire.
Lucile reconnaît l'erreur :
Oui, répond-elle, j'en fais gloire,
Et je couronne mon tuteur.
Las! Dorimont se précipite
A ses genoux, sans voix,
Et baise mille fois
La main que Lucile interdite
Abandonne à l'heureux époux.

L'exemple de Lucile
Pour les belles doit être une leçon utile,
Les plaisirs de l'amour sont doux
Mais son aile est légère :
L'amitié n'est point passagère.

~~~~~~~~~~~~~~~~~~~~~~~~~~~~~~~~~~~~~~

FABLE VIII.

Le Bon Fils.

Argant, depuis long-temps , amassait beaucoup d'or;
　　Mais il le tenait en cachette
　　Craignant qu'une langue indiscrette
N'en instruisît son fils , dont l'âge tendre encor
Lui faisait redouter que cet adolescent ,
Se voyant possesseur d'une grande fortune
　　Ne donnât dans l'erreur commune ,
　　　Qui préfère l'oisiveté ,
　　Compagne ordinaire des vices ;
　　Et que, quittant ses exercices ,
　　Il n'embrassât la volupté.
　　　Tel n'était Alexandre , .
(C'était le nom du fils de ce nouveau Plutus.)
　　Doué de toutes les vertus ,
　　Il n'avait point à se défendre :
De la propension au vicieux penchant.
　　Soumis aux caprices d'un père ,
　　　Son heureux naturel
Lui cachait les erreurs d'une tête si chère ,
　　Sans l'éloigner du respect paternel.
Il avait observé que son père , souvent ,
　Se portait seul, dans un lieu solitaire
　　Où se recelait son argent.
　　Il avait pénétré ce mystère
　　　Dont il espérait bien
~~~~~~~~~~~~~~~~~~~~~~~~~~~~~~~~~~~~~~

De devenir le second gardien.
Bien se trouva de cette vigilance ;
Des voleurs firent le complot
Pendant la nuit et le silence,
D'enlever le magot.
Alexandre suivi de ses amis fidèles,
Tout-à-coup , fond sur eux ,
Et remet aux mains paternelles
Le gage fortuné de ses soins généreux.

En tout pays , ainsi qu'en France
De tous tems on a dit :
Bon naturel donne leçon d'avance ,
Et le bon oiseau fait sou nid.

~~~~~~~~~~~~~~~~~~~~~~~~~~~~~~~~~~~

FABLE IX.

La Philobovie.

DANS un certain pays , un songe - creux, épris
D'une belle philobovie ,
Etait profondément surpris
De voir tiré de la prairie
Le bœuf, cet animal si doux,
Si plein de bonhommie,
Pour le soumettre au joug.
Il se transporte au pâturage,
Et voit deux bœufs revenant d'un pas lent ,
De l'ordinaire labourage.
De ces animaux ruminans
~~~~~~~~~~~~~~~~~~~~~~~~~~~~~~~~~~~

Il arrête la marche, et leur dit à l'oreille:
Souffrirez-vous toujours que l'homme, sur vos fronts,
Imprime ainsi le joug. Vrai! c'est une merveille!
Connaissez votre force, et vengez vos affronts.
　　　　Puis saisi d'un saint zèle,
Il affiche partout, avec profusion,
　De leurs griefs l'énumération.
　De la leçon, la troupe mugissante
　　Avait si bien su profiter,
　Qu'elle opposait la corne menaçante
　　A ceux qui voulaient la dompter;
　　Mais la force en a fait justice,
　　Et rétabli l'ancien service.

　Du faux zèle tel est l'attrait,
　A personne il n'est profitable,
　Mais la somme est incalculable
　Des maux, qu'en tout temps il a faits.

<div style="text-align:center">~~~~~~~~~~~~~~~~~~~~~~~~~~~~</div>

FABLE X.

Le Renard maçon.

Croque-poulet renard, larron insigne
Ne pouvant plus saisir poule, lapin, chapon
　　Pigeon, canard ou cygne,
　Tant il avait dépeuplé le canton,
　　Eut enfin fantaisie
　　De changer de métier.
　Il prétendait gagner sa vie

En honnête ouvrier.
Il avait entendu raconter des merveilles,
De bâtimens construits en certains lieux,
    Par les castors, maçons industrieux.
    Je pourrai, disait-il, faire maisons pareilles.
J'ai peu lu, mais je sais que sans marteau, ni cloux,
        Sans porte, ni verroux,
    Avec du bois, et beaucoup de prestesse,
Ces animaux maçons élèvent des châteaux,
Arrêtent à loisir, ou détournent les eaux.
Je crois, sans vanité, ne pas manquer d'adresse.
    Je façonne bien un terrier :
    Eh bien, au lieu de l'enfouir en terre,
    Il faut élever mon clapier ;
        Puis en guise de pierre,
    L'enduire avec un bon mortier.
Mais conservant ses appétits gloutons
        Il choisit le rivage
    D'un fleuve abondant en poissons ;
Pour en croquer quelqu'un, à faute de dindons.
Mais il ne put tailler que des branches menues,
Ses murailles étaient mal jointes, mal tenues.
    Pour tout dire, son bâtiment
Péchait, et par le faîte, et par le fondement.
Un beau jour, qu'il guettait les habitans de l'onde,
Avec lui, tout croula dans la vase profonde.

Ce renard ignorait l'adage familier,
    A chacun son métier.

FABLE XI.

La Statue de Memnon.

Une foule de curieux
Entourait de Memnon la célèbre statue,
Qui, par une cause inconnue,
Rendait des sons harmonieux,
Quand le soleil, sortant de l'onde,
Apportait la fécondité,
La lumière et l'hilarité,
Aux gens de ce bas monde.
Un villageois, se tenant à l'écart,
Considérait la troupe à la bouche béante,
Sans vouloir prendre part
Au spectacle qui les enchante.
Holà l'ami, lui dit un spectateur
Qui se piquait d'être un fin connaisseur,
Que fais-tu là, planté comme une souche,
Ne vois-tu pas ce miracle des cieux?
Pardi, reprend notre silencieux,
Ouvrant enfin la bouche,
Je vois un tas d'oisons,
Qui comme cet airain, ne rendent que des sons.

FABLE XII.

Timon.

Toujours armé contre l'espèce humaine,
Timon, un jour, porta ses pas
Vers la forêt prochaine :
Pour lui, la solitude eut toujours des appas,
Comme il entrait dans un bocage,
Il vit, non sans étonnement,
Nombre d'oiseaux, de branchage en branchage,
S'envoler précipitamment.
Quoi, se disait-il en lui-même,
Que grande est leur erreur !
A ces bipèdes je fais peur :
Ils ignorent que je les aime!
Mais son étonnement redoubla,
Quant'auprès d'une charmille,
Il entendit un faisan qui parla
En ces termes à sa famille :
Enfans chéris d'un tendre amour,
Ne quittez point ce paisible séjour.
Pour vous je crains bien moins les serres du vautour,
Que les filets de l'animal perfide,
Qui, sous le nom d'humanité,
Cache un cœur homicide.
Quadrupède ni volatile,
Rien ne peut échapper à son avidité,
Indifférent, ainsi qu'utile :
L'innocente brebis, dont il prend la toison,
Le bœuf qui trace son sillon,

Et la poule qui le régale
Chaque matin d'un nouveau don,
Ne peuvent de ce cannibale
Assouvir l'appétit glouton.

Ces mots recueillis par Timon
      Fortifiaient la haine
Que son cœur nourrissait contre le gent humaine.

FABLE XIII.

Trivelin.

Nouvellement arrivé d'Ibérie,
Léger d'argent, mais alerte et dispos,
Et portant, pour tout bien, un sistre sur son dos,
      Trivelin aborda Thalie.
Non cette muse, aimant les jeux et l'enjoûment,
Qui jadis inspirait ou Ménandre, ou Molière,
Mais bien cette coureuse, et bouffonne et grossière,
      Tour-à-tour usurpant
Le masque de Momus, ou bien de Melpomène,
      Mais cent fois plus hideuse encor,
Lorsque de drames froids elle glace la scène,
      Que lorsqu'elle donne l'essor
      A ses plattes boufonneries :
Tantôt d'une brouette affublant son héros,
      Tantôt, adoptant des Janots
      Les basses polissonneries.
      Eh ! bon jour, chère sœur,

S'écrie aussi-tôt le farceur ;
Quel hasard heureux nous rassemble !
Mettons à profit nos talens ;
Et pour mieux réussir, ensemble
Lions-nous par des nœuds charmans.
De cette race impure,
Est né ce monstre dégoûtant,
Moitié femme, moitié serpent,
Dont Flaccus autrefois esquissa la peinture,
Et qui s'est à nos yeux,
Réalisé sous le nom de harpie.

Emblême ingénieux
De ces écrits lourds et sentencieux
Qui, sous leurs poids, écrasent le génie.

FABLE XIV.

L'Esclave et ses deux Maîtres.

Conquérir un ami n'est pas petite affaire.
Pour moi, si de Crésus je possédais tout l'or,
J'en donnerais moitié, pour prix d'un tel trésor.
Faut-il dans un autre hémisphère
En chercher le modèle ? — Un colon inhumain,
A beaux deniers comptans, ainsi qu'il se pratique,
Avait acquis un Africain.
Il commença, suivant l'ordinaire pratique,
A l'employer à ces travaux,
Que dans la colonie, exige la culture ;
Il l'accabla de peine, outre mesure,

Sans lui donner aucun repos.
Bien plus , à la moindre apparence ,
Il le chargeait de coups.
Et le pauvre esclave , docile ,
Travaillait sans pouvoir appaiser le courroux
De ce maître si difficile.
Mais après lui , vint un autre colon
Bien différent , doux , bienfaisant , affable ,
Aux infortunés secourable ;
Bref , l'opposé de cet ancien patron.
A des travaux pénibles ,
L'esclave façonné
Dans des mornes inaccessibles ,
Tout le jour , restait confiné.
Le bon colon , touché de tant de peine ,
Voulait en modérer l'excès ;
Mais sa remontrance était vaine ;
Et ses instances , sans succès.
Dans son logis , un matin il l'appelle.
J'ai , lui dit-il , un moyen sûr ,
De mettre un frein à cet extrême zèle ,
Qui te fait entreprendre un travail aussi dur ;
Je t'affranchis. A ton gré, de cette heure
Ou travaille, ou repose-toi.
Bon maître, vous quitter ? Qui moi ?
Abandonner votre chère demeure ,
M'en croyez-vous capable ? O vous mon bienfaiteur !
J'ai servi , quelque temps , un patron intraitable.
Et vous qui me traitez avec tant de douceur ,
De qui je n'ai reçu qu'un regard favorable !
De vous quitter je me sens incapable.
Je suis libre , il est vrai ,
Par votre bienfaisance ;
Mais je vous servirai ,

Non par devoir, mais par reconnaissance.
Et le maître ravi,
J'accepte, répond-il, ton offre généreuse
Sois mon enfant, ton âme courageuse
Ne se montre pas à demi.
Il n'eut pas en effet un plus fidèle ami.

FABLE XV.

La Laideur embellie.

QUELLE laideur obscurcit ton visage,
Que les traits en sont repoussants !
Disait une mère, peu sage,
A sa fille, comptant, à peine, dix printemps.
L'enfant sensible à cette injure,
En soi-même disait : Eh bien ! par mes vertus,
J'espère corriger les torts de la nature :
La beauté se flétrit, pour ne revenir plus,
Les vertus seules sont durables.
Acquérons, par-dessus, les talens agréables.
Elle suivit ces généreux projets,
Si bien, qu'en peu d'années,
En tout genre elle fit de sensibles progrès.
Ses mœurs, par les arts façonnées,
Avaient acquis ce charme séducteur,
Qui, par un fard secret, embellit la laideur.
A ces talens, qu'elle avait en partage,
Elle joignit les travaux du ménage.
N'était par-tout bruit, que de son renom.

Bref, un jeune homme, riche, et de bonne maison,
  Se crut heureux d'avoir la préférence
  Sur vingt rivaux qui de cette alliance,
    Briguaient l'inestimable prix.
Au contraire, sa sœur, qui de sa beauté vaine,
      N'avait pas pris la peine,
De la perpétuer par des talens acquis,
Mais qui n'avait d'autre art que la coquetterie,
      Sécha de jalousie.

      Jeunes beautés,
    Songez sans cesse,
    Après quelques étés,
Ces doux attraits, charme de la jeunesse
      S'éclipseront,
    Les vertus resteront.

FABLE XVI.

Agnelet.

Sous la garde d'un chien fidèle
Uu tendre agneau fut apporté
Avec ce vaillant sentinelle ,
On le croyait en sûreté.
Survient un montaguard de colossale taille.
Que fais-tu là , dit-il, de ce nigaud ? —
J'en suis le gardien. — Je veux l'avoir. — Tu raille. —
J'en veux , au moins, la peau.
Alors il veut saisir l'agueau
Le brigand insiste.
L'ami résiste ;
Dans ce conflit, Agnelet déchiré,
Laisse , en tombant, l'ami désespéré.

Que sert le zèle avec la vigilance ,
Contre la violence ,
Si la force est sans puissance ?

FABLE XVII.

Le Berger dupé.

Un Berger dameret, s'aimant beaucoup lui-même,
Partant avantageux, fut épris de deux sœurs,
  Toutes les deux dignes d'un diadême.
  Laure joignait, à des traits ravissans,
    Une blancheur éblouissante,
  Et dans ses moindres mouvemens,
    Une grâce surnaturelle.
      Lise, aux yeux pétillans,
    A la mine spirituelle,
  Alliait des charmans contours
      La grâce inexprimable :
  Figure, appas, esprit, discours,
  En elle tout était aimable.
  Lycidas, à ces deux beautés,
  Tour-à-tour offrait son hommage ;
Près d'elles, tour-à-tour, des vœux passionnés
  Il employait l'infidèle langage ;
Et les malignes sœurs recevaient en riant,
  Le feint aveu de sa tendresse.
Mais pour le démasquer, en le contrariant,
  Elles feignaient avec adresse,
  D'éprouver sa sincérité ;
  Et sans risquer leur liberté,
  Par cet innocent artifice,
  Elles enflammaient ses desirs,

Et recevaient d'un œil propice ,
  Ses amoureux soupirs.
Enfin , lui dirent-elles ,
Entre nous deux fixez donc votre choix.
C'est à vous , répond-il , à me dicter des lois ;
  Toutes deux également belles ,
  Vous retenez mes desirs en suspens.
Et dans cet embarras, je dois la préférence
A celle dont le cœur , abrégeant les instans ,
Acquerrera des droits à ma reconnaissance ,
  Par son empressement flatteur
  A couronner ma vive ardeur.
  Celle, demain , qui, la première ,
  Aux autels se présentera,
  Aussitôt, de ma foi plénière
  Le serment recevra.
Les deux sœurs , en effet, au lever de l'aurore,
  Plus ravissantes que jamais ,
Et dont de simples fleurs relevaient les attraits,
Parurent aux autels ; mais la charmante Laure
  Tenait la main du jeune Palémon ;
Et Lise, pour son guide , avait le beau Damon.

  En amour, c'est l'usage :
  Un amant de soi-même épris ,
  N'offre qu'un infidèle hommage,
  Et tout trompeur langage
  Ne mérite que le mépris,

~~~~~~~~~~~~~~~~~~~~~~~~~~~~~~~~~~~

FABLE XVIII.

L'Anon.

DE la tendresse d'une mère,
On doit se défier, pour juger ses enfans;
    Les plus balourds et les plus ignorans,
    Sont souvent ceux qu'elle préfère.

        D'un fort vilain poupon,
Une ânesse voulait faire un joli garçon.
        Maîtres de toute espèce
    Furent donnés à ce nouveau Midas
        Madame avait force ducats,
    Et les pédans, gagné par ses largesses,
Faisaient à qui mieux mieux l'éloge du bambin.
    Il n'était rien qu'il ne pût entreprendre
        Et l'élève était assez vain,
            Pour oser y prétendre;
        Avint un jour de grand tournoi,
    Notre baudet voulut entrer en lice,
Paraît à la barrière, un fameux palefroi.
        Auquel le sot novice
Crut devoir disputer de la course le prix.
        Il s'élance dans la carrière,
        Mais à peine a-t-il entrepris
Ce concours inégal, qu'il demeure en arrière,
        Tout essouflé, devant les assistans
        Qui riaient à ses dépens.
~~~~~~~~~~~~~~~~~~~~~~~~~~~~~~~~~~~

FABLE XIX.

L'Autruche.

Avec ses deux ailes pareilles,
Si l'autruche ne peut voler,
Par des qualités non pareilles,
Elle a de quoi se consoler.
Nature l'a dédommagée,
Par une grande agilité ;
Elle peut soutenir la course prolongée
Du coursier écumant, et la vélocité.
Une d'elles présomptueuse,
Semblable à bien des sots, qui n'ont jamais rien su,
Et d'ailleurs fort avantageuse,
Crut qu'avec de l'audace, elle irait à son but
Chez sa voisine la sarcelle ;
Elle osa tenir un pari,
Un tel jour, à telle heure, on me verra d'ici,
Partir à tire d'aile.
Le jour venu, la pécore ne put
S'élancer au-delà du but.

Qui promet plus qu'il ne peut faire,
Tôt ou tard est puni de son ambition,
C'est le juste salaire
De la présomption.

~~~~~~

FABLE XX.

Le Blanc et le Noir.

Deux voisins, gens d'ailleurs d'humeur très-pacifique,
Disputaient, tous les jours, sans se lasser jamais,
    Sur la guerre, ou bien sur la paix,
    Ou tout autre objet politique;
    Sur la finance et les impôts,
    Sur les nouvelles de la ville,
    Sur les livres et les journaux,
    Auteurs, opéras, vaudeville.
    Ce que l'un avait raconté,
  Était, par l'autre, aussitôt contesté.
L'un d'eux apportait-il quelque nouvelle sûre,
    Eût-elle été dans le Mercure,
Le second la traitait de récit inventé.
L'Ibérien eût bu les eaux du Boristhène,
    Le Persan celle de la Seine,
Avant que nos voisins eussent été d'accord.
  On eût pris, pour l'effet du sort,
    Cette opposition bizarre,
  Qui leur faisait porter des jugemens,
    Sur même point si différens,
Car enfin, nul mortel, qui, par fois, ne s'égare,
  En prononçant sur quelque question,
    Du ressort de l'opinion.
Mais sur des faits constans, sur des objets sensibles,
    Prendre toujours le contre-pied,
~~~~~~

Une semblable erreur est digne de pitié,
　　Elle provient de cerveaux irrascibles ,
　　　　Entêtés , ou jaloux.
　　　　Passe encore entre époux ,
　　　　C'est une ordinaire sottise ,
　　　　Personne ne s'en formalise.
　　Il n'était bruit dans la cité
　　　　Que cette bizarrerie.
　　Elle prêtait à la plaisanterie
　　　　De toute la société.
Un jour, certain plaisant voulut faire gageure ,
Que sur un point donné, de chaque champion
　　Il obtiendrait même décision.
　　　　La chose était peu sûre ,
　　　　De ce défi chacun veut voir
　　Le résultat, et tous sont dans l'attente.
On apporte un manteau de couleur bien tranchante ;
L'un des deux disputeurs dit *blanc*, et l'autre *noir.*

　　　　Cette manière est ordinaire
　　　　Lorsque par de grands intérêts
Les esprits agités , tournent en sens contraire ,
Suivant sa passion , chacun voit les objets ,

~~~~~~

FABLE XXI.

Les deux Chiens et le Chat.

Deux chiens marchant de compagnie,
Firent rencontre auprès d'une maison,
D'une assiette de veau garnie.
Un chasseur, ou tout autre colon,
Revenant de la picorée,
S'il découvrait en son chemin,
Une aubaine ainsi préparée,
Ferait de très-bon cœur les honneurs du festin.
D'où provenait cette attrayante proie ?
L'histoire, sur ce point, a gardé le tacet.
On se figure quelle joie,
Pour nos aventuriers ! A leurs nez, le fumet
Déja portait une odeur agréable,
Avant de découvrir un si friand morceau ;
César s'avance, et d'un air redoutable,
Il se jette dessus. Tont beau, tout beau,
Dit Laridon, ferais-tu la sottise
De m'enlever ma part ?
Fi ! quelle gourmandise !
Pourquoi non, dit César ;
Au premier occupant appartient toute épave
Et j'occupe. A ces mots, Laridon furieux,
L'arrête et le défie en brave.
Elle sera le prix de qui se battra mieux.
~~~~~~

Voyons, si tu sauras aussi bien la défendre,
Qu'à la saisir tu parais empressé.
Et tous deux, l'œil ardent, et le poil hérissé,
Commencent un combat, dont la fidèle histoire
Conserve la mémoire.
Mais dans le temps que nos rivaux
Combattent en héros,
Un chat sortant d'une fenêtre ouverte,
Vient leur ravir le prix de leurs travaux.
Il glisse en tapinois, et d'une griffe experte,
Il saisit le hachis,
Et l'emporte dans son taudis.

De même, en pure perte,
Deux joueurs acharnés
S'escriment en déterminés.
Un croc survient, s'empare de la mise,
Et rit de leur sottise.

FABLE XXII.

Les Chardons.

Près du chardon, dont la tige dorée,
    De fleurs bleuâtres décorée,
    Se balançait au gré du vent,
Quelques chardons communs rampaient dans la poussière.
    Le doré, d'un ton arrogant,
    Leur parla de cette manière :
    « Vils arbustes ! il vous sied bien
D'étaler, près de moi, votre triste figure ?
    Le sol peut-il donner la nourriture
A des êtres pareils qui ne sont bons à rien ?
    Je souffre de votre présence :
    Retirez-vous tous à l'entour. »
Un jeune allait répondre à son impertinence,
Lorsque le maître vint, et les mit tous au four.

    On a beau dire, on a beau faire :
Même est la fin du riche et de la pauvreté.
    C'est en ce monde sublunaire,
    La véritable égalité.

FIN.

TABLE ALPHABÉTIQUE.

C.

D.

E.

F.

G.

H.

L.

FIN DE LA TABLE ALPHABÉTIQUE.

TABLE

DES LIVRES ET DES FABLES

CONTENUS DANS CE VOLUME.

LIVRE I.

LIVRE IV.

FIN DE LA TABLE DES LIVRES ET DES FABLES.

Imprimerie de MIGNERET, rue du Dragon, N.º 20.

www.ingramcontent.com/pod-product-compliance
Ingram Content Group UK Ltd.
Pitfield, Milton Keynes, MK11 3LW, UK
UKHW021229140726
13695UKWH00002B/842